KB275061

하늘이시여 나를 죄 하소서

하늘이시여 나를 죄 하소서

초판 발행 | 2025년 10월 20일

지은이 | 박진용
펴낸곳 | 도서출판 수우당
펴낸이 | 서정모
주 소 | 51516 창원시 성산구 외동반림로 126번길 50
전 화 | 055-263-7365
팩 스 | 055-283-8365
이메일 | dlp1482@hanmail.net
출판등록 | 제567-2018-7호(2018.2.12)

ISBN 979-11-91906-45-5-03810

값 12,000원

＊이 책의 판권은 지은이와 도서출판 수우당에 있습니다.
  양측의 서면 동의 없이 무단 전재 및 복제를 금합니다.
＊잘못된 책은 바꾸어 드립니다.
＊저자와 협의하여 인지를 붙이지 않습니다.

하늘이시여
나를 죄 하소서

박진용 시집

수우당

박 진 용 朴辰用

충북 보은에서 출생
현재 지기감정사로 활동

시집

『명태와 북어』, 『내가 꽃이 될 차례다』, 『붓꽃 피는 마을까지』,
『고장난 시간』, 『하늘궁전』, 『천불천탑』, 『불경이 나를 읽다』,
『푸른 암자』, 『계룡천하』, 『한 편의 시와 일흔 한 편의 시』,
『물은 물같이 흐르고』, 『아들아』, 『길 위에서 부르는 노래』 1~5권,
『흔적』 1~2권

• 경남 김해시 진영읍 상룡마을길 22-2 (내룡리 469번지)
  010_7522_4032

| 자 서 |

난세의 눈물이 납니다
넋 푸른 피가 뚝뚝 떨어집니다
바닷가 붉은 산다화 붉은 꽃잎 위에
휘어진 풀잎 위에 가슴 포개져 웁니다
이 세상 이야기 역사의 죄인들
칼과 펜을 들었습니다

차례

자서

제1부

무량한 종소리	14
바닷가 금 모래밭에서	15
고졸 풍 콧수염 얼굴로	16
얼굴 찌푸린 충고처럼	17
명멸하는 손전등같이	18
미워하고 싫어했던 감정	19
온 산은 푸르러 일색이오	20
너의 옷에 묻은 선혈은	21
용서 못 할 죄	22
도시와 언덕 바다를 향해	23
맥 빠진 세상 녘 언저리	24
하늘이 펼쳐준 생의 목초지	25
입 헤헤 벌리고 침 질질 흘리고	26
식목으로 웃자란 나무들이	27
태극기로 얼굴이 덮인 채	28
비정상적인 도깨비불 같으오	29
위선 또 위선 또 위선	30
달도 별도	31
인생의 행로는 자유를 향하오	32
시든 장미꽃의 싱싱한 봉오리	34
작은 소리로 불러도	36
가슴에 찍힌 피 발자국	37
역사에 대해서	38

서울 하늘은 만원이다   39

한 조각 한 조각   40

제발 노하지 마소서   41

공명하는 마음으로   42

콩나물 흰 실뿌리같이   43

일터로 가는 사람들   44

화공은 두 손이 없소   45

세상은 모름지기 모순의 찌꺼기   46

이제까지도 발견되지 않았소   48

여름의 태양이 춤추오   49

제2부

법치도 양심도 다 죽었소   52

구름에 가리운 태양이 쨍하고   53

증거 하듯   54

세상에는 한 명의 남자   55

하늘이시여 나를 죄 하소서   56

지아비 지어미   58

쐐기풀의 푸른 수액   59

신발짝이 땅바닥에 딱 붙었소   60

바람이 부오 바람이 부오   61

선회하는 비둘기 겨울 북소리   62

우리의 슬픔을 아무리 가린다 해도   63

이 땅의 갈림길 위에서   64

무분별 무차별 무조건   65

발가락부터 머리끝까지 66

두 줄로 늘어선 혁명로 68

검은 옷을 입은 사람들 70

여기 바람 한 점 없소 72

세상의 달그림자 너머 73

정신의 안개 속에서 74

세상은 대인의 대로처럼 넓으나 75

감사와 찬사 76

바람이 야단법석이오 77

어디 어디에든 78

자연이 슬픔을 씻어주오 80

궁핍과 고통의 거리를 걸으며 81

결코 끝나지 않은 시간은 끝나지 않고 82

엉겅퀴꽃 핀 언덕 너머 84

읊조리듯 흐느끼는 비장한 목소리 85

노동자의 증명서 86

모두 죽어 나가는 무자비한 사투는 87

하늘은 우릴 쳐다보고 있소 88

가물어 바닥을 드러낸 산천 89

위험한 담벼락뿐이랴 90

제3부

털 깎인 양모의 애처로운 울음같이 92

깨어난 풀은 새로 돋은 풀이요 93

사람과 사람 사이 2 94

남풍　　　　　　　　　　　　　　95
하늘은 푸르오　　　　　　　　　96
동쪽 하늘 금성 자리　　　　　　97
조금은 용감해졌소　　　　　　　98
저 산 능선의 큰 바위 위에서　　99
강산 강토에는 꽃 얘기　　　　　100
계속 잠자코 입 닥칠 수 없소　　101
슬픔의 맛은 멀리서도 느낄 수 있소　102
돌아서기가 너무 늦었는가 봐요　103
비밀의 산 짐승들아　　　　　　104
나는 벌거벗은 산　　　　　　　105
길 따라 물 따라 살찐 여름　　　106
산을 깎아 큰길을 만들 듯이　　107
검은 태양의 궤도처럼　　　　　108
거기 사람 없소　　　　　　　　109
저주와 축복은 쌍둥이　　　　　110
턱을 고이고 있는 조국 앞에　　112
실패로 끝난 수술대　　　　　　113
마음은 하늘처럼 고요한데　　　114
역사의 현관 햇빛 속에서　　　　115
매일 건너다니던 길　　　　　　116
피와 거짓말로 포장된 세상　　　117
하늘의 행성이 빛나듯　　　　　118
대지에서 대지로　　　　　　　　120
붙박인 땅 언덕바지　　　　　　121
더 머물 곳이 없소　　　　　　　122
한때 맑은 하늘　　　　　　　　123

머나먼 세상 너머   124
햇빛 아래서도 달빛 아래에서도   125
불덩이를 뿜어대는 화산같이   126

제4부

사람 사람이 사는 동네에   128
칼도 쥐고 주먹도 쥐었소   129
죽음으로부터 비싼 값을 치른   130
온밤을 달구경 하오   131
하얀 찔레꽃밭에서   132
정신이 잘 길들어졌소   133
어느 날 하루 끝자락에서   134
분신처럼 행위처럼   135
하늘에 별이 뜨건   136
엉겅퀴 우거진 들판 목초지   137
봄에 깬 사시나무처럼   138
귀에 익은 종소리처럼   139
커다란 하늘 서울역 앞엔   140
고해의 바다 십자가처럼   141
어디 인간이 인간 같소   142
바람 불어 좋은 날   143
등에 짓눌린 인생 고락   144
도약하는 맑은 시냇물 소리   145
진실은 말하기 어렵소   146
오랜 책을 불태우는 분서   148

공중 부양을 하듯   149

피를 찾아다니면서   150

인생에서 가장 괴로운 순간   152

비록 1   153

진공청소기 주둥이로   154

존재에 관한 역사에 관한   155

비정한 얼굴 울부짖는 목소리   156

공산당이 싫어요 빨갱이   157

고요한 강물아 흘러라   158

질풍이 먹구름 헤쳐가오   159

행복이 깃들어있는 대지여   160

시체나 다름없는 진흙이 깔린 세상   161

갈기갈기 찢어신 갈등과 저항   162

제5부

젖은 불티 같은 악다구니 정치꾼들   166

꿈속 가까이 다가선 아침   167

백 년의 설화같이   168

혼자서 홀로인 것처럼   169

대장군의 건배나   170

삶을 다시 시작할 수 있소   171

옷을 다 벗으면 맨몸뚱이   172

산불이 난 곳에서도   173

미궁 속에 빠진 제정신   174

핏빛 세상 안개 속에서   175

여름은 빛 뿌려 빛 뿌려　176

나와 인연이 된 이 세상 저세상　178

순정한 빵 한 조각 속에　179

세속에 비틀대지 않고　180

검은 고속도로 위에 비가 내리고　181

나무처럼 뿌리를 내리고　182

무의 공간 속에서 두 손을 잡아주는　184

정겨운 기쁨은 사라지고　186

누구나 서방세계에 도착할 때까지　187

달집에 큰불이 났소　188

단풍나무 아래 관목 숲 사이　189

초록 세상 한가득 들판에　190

지팡이를 피해 도망치지 마오　191

천길 폭포의 열정처럼　192

대자연은 모든 생명의 집　193

달 만한 태양이 없소　194

가슴 속에 가라앉은 침묵이여　196

껍질을 까고 나온 과거처럼　197

운명의 자유 해바라기같이　198

갈수록 악에 둘러싸였소　199

세상에 붉은 피 주먹을 보았소　200

이 땅의 저주와 하늘의 천사　201

정지된 달빛 고요 속에　202

한 조각 길 뜬 흰 구름아　203

얼마나 사랑스러운가요　204

이끼 낀 숲 골짜기에서　206

한 잔 더하는 울분 속에서　207

제 1 부

무량한 종소리

무량한 종소리
무량한 산울림 종소리
무량한 종소리
종소리 울어라

내 마음 끝까지
종천 하늘 끝까지
고집스레 우는 청개구리같이
울어라 종소리

바닷가 금 모래밭에서

바닷가 금은 모래밭에서
아이들이 모여 새집 짓기를 해요
헌 집 주께 새집 달라는 달빛 무덤 놀이
토닥토닥 해가 지는 줄도 모르오

엄마야 누나야
우리는 장난감 하나 없어도
독도 같은 영토의 땅 새집 하나 짓고
유리구두 상자 달빛 무덤 놀이를 해요

고졸 풍 콧수염 얼굴로

고졸 풍 콧수염 얼굴로
날자 없이 펼쳐진 세상살이 한복판
하루 종종 일 활짝 열린 청색 하늘 아래
태양의 왕관 같은 챙 높은 모자를 쓰고
말없이 살아가는 풀뿌리 인생

정직한 마음은 슬픈 징표가 되고
갈수록 시간은 넘쳐 흘러가는 구름이요
최후의 심판을 받는 시대의 눈물같이
고독으로부터 지평선 위에 물드는 저녁놀이 붉소
자연의 사실보다 진실한 말은 없었소

얼굴 찌푸린 충고처럼

얼굴 찌푸린 충고처럼
한 번도 본 적 없는 얼굴과 얼굴들
부고장 한 장 없는 영혼의 장례예식장 시간
어떤 종교적 위안으로도 씻기지 못한 채
흰 모자를 한 번 고쳐 쓰는 일
죽어가서도 자아의 사람 됨됨이를 말하오

냉각탑 안에 안치되어있는 시신
모든 생의 시간을 다 내려놓고 손발이 차오
시야 밖으로 사라지는 큐피트의 화살 소낙비처럼
브레이크가 단단히 조여진 운명의 마지막 시간
저녁 신문 한번 볼 여유도 없이
벽에 걸린 벽시계가 25시 경종을 울리오

명멸하는 손전등같이

명멸하는 손전등같이
대지의 시야가 흐릿해질 때까지
나목들이 제멋대로 비틀어지고
나름대로 형체를 이뤘소
저마다 야생의 꿈을 꾸오

피 바퀴 자국이 나 있는 거리
순수한 모국어 사랑은 죄가 있겠소
가슴 젖은 눈물 상처를 상기하오
인동초 덩굴 벽을 타고 오르고
하얀색 구름이 흘러가오

미워하고 싫어했던 감정

미워하고 싫어했던 감정
청동 깃털로 날개를 단 빨갱이들
초록 피가 뚝뚝 떨어지는 황금빛 술잔
진주 목걸이 눈썹 손톱 발톱뿐이랴
동구 나무에 앉아 까막까치가 우오

죽어간 사람들의 사투리처럼
떠나가는 사람들뿐 사라지는 사람들뿐
숫자를 헤아릴 수 없는 거짓 광고와 붉은 음모뿐
버스 안에는 사람들이 만원인데 거리엔 없소
저 붉은 얼굴은 주적 빨갱이오

온 산은 푸르러 일색이오

온 산은 푸르러 일색이오
뻐꾸기 울음소리 산울림 더욱 푸르오
그 핏빛 울음 받아 울음 우는 앞산 뻐꾸기
숲속에 숨어 바람같이 울음 우오

님 생각에 춘색이 서럽소
길 뜬 나그네 휘어진 목서지팡이
푸른빛 물감을 풀어놓은 물속의 그림자
눈멀고 귀먹어 바위에 스며드는 통곡 같소

너의 옷에 묻은 선혈은

너의 옷에 묻은 선혈은
어머니가 지어주신
인간의 목소리
격렬하게 천둥을 치는 하늘
마음을 찢어놓은 거야

안개 자욱한 산하
역사의 땅 흙더미 너머
흔한 삶의 본체를 쪼개놓은
성운의 꼭대기
부여잡은 노래인 거야

용서 못 할 죄

용서 못 할 죄
내 몸에 혼불이 타오

전에는 흘려보지 못한 눈물
천둥 법석 곤두박질이오

포효하는 폭포 소리
풀을 뜯는 무심한 소

뼈에 스미는 가시나무
경종을 울리오

도시와 언덕 바다를 향해

도시와 언덕 바다를 향해
걸어가는 중 새벽이 오는 중
세상을 가로질러 질주하는 중
열차 시간을 기다리는 중

야망을 추적하는 중
쓸모를 향해 가는 중
태양이 아름다워 머리 누일 곳
황금의 도끼날이 번득이는 곳

욕된 마음을 다스릴 수 있는 곳
마침내 손이 풀리고 감각이 살아나는 대지
신 기류 같은 썩지 않는 슬픔을 씻고
가슴 아파했던 두려움을 꽃피우리니

사랑은 영원히 언제나 지금처럼
쏟아버린 청춘 흘러넘치는 감격
청동 보석 같은 마음 진실을 말해주는
죽음이 두렵지 않은 용기가 솟는다

맥 빠진 세상 녘 언저리

맥 빠진 세상 녘 언저리
소용돌이 생기발랄한 눈빛 초롱
피 묻은 몸짓과 손짓과 발짓뿐이랴
핏대까지 앞세운 수화이었소

달빛 비친 산울타리 산울림 너머
자연 그대로 전해오는 비바람 소리같이
썩은 시체를 찢어먹는 섭생의 까마귀같이
고집스럽게 울어대는 논배미 개구리같이

정적을 깨쳐오는 동녘 하늘 아래
대문 빗장을 벗어놓은 빛 그림자 속에
사랑의 눈물이 흐르는 여울목 물소리
닻 없이 창해로 향진하는 넋두리였소

아침 인사를 나누는 새들의 현관같이
묘비에 새겨진 십자가 상실과 배반의 시대
슬픔에 흠뻑 젖은 황금빛 저녁노을 속에
불티를 남긴 부싯돌 인생이 덧없어라

하늘이 펼쳐준 생의 목초지

하늘이 펼쳐준 생의 목초지
황금빛 날개 태양의 시야 속에서
새로운 세상을 찾아 이토록 눈부신 아침
쨍하는 소리에 하루가 열려왔소

무위를 깨쳐 슬픔을 씻은 종소리처럼
세상 같지 않은 불길을 발길로 차올렸소
비단결 같은 이 땅에 씨알 뿌리고
광야에서 부는 휘파람 소리 힘차오

사랑도 희망도 없던 시절
무위가 깨쳐준 일언의 마음자리
아직 발굴되지 않은 황금의 벌판
이토록 눈부시게 풀잎편지를 쓰오

결초보은의 길을 닦으며
엉겅퀴꽃 핀 폐허의 땅을 일군 열정
아픈 기억 풀어놓고 흘러가는 개울물 소리
구름 없는 하늘이 우러러 푸르오

입 헤헤 벌리고 침 질질 흘리고

입 헤헤 벌리고 침 질질 흘리고
오늘의 나이로 많은 바보 어른들의 모습처럼
어영부영 넘어가는 아무튼 세상 변하는지도 모르는
빛이 움직이는 대로 쳐다보며 누구는 비명을 지르오

두 눈에 혼불을 켠 든 생애의 상실처럼
남은 생은 문지방으로부터 멀어지는 망각의 시대
백만천만 꽃잎 꽃송이들이 피어나는 쓸쓸한 태양의 아침
좌절했을 일깨우는 늙은 지혜의 지팡이는 어디

소멸 높은 산 공동묘지 산성
부재의 기운을 풍기는 퇴색된 공원의 빈 의자에
쭈그리고 앉아 있는 가난한 바보 늙은이들
기초생활기금을 선별해서 몇 푼 손에 넣어주는 빨갱이들

자라나는 아이들에게는 희망보다 미래의 폭력뿐
누구나 감지할 수 있는 위험한 수업시간 발목지뢰 운동장
오늘은 어떻게 수업이 끝널지 낯선 빨갱이 선생들뿐
가면을 쓴 흉상들 내일을 숨긴 교육이 참담하오

식목으로 웃자란 나무들이

식목으로 웃자란 나무들이
텅 빈 하늘 속의 은별처럼
산울림 메아리 어둠의 시간 동안
생기를 띤 목련꽃을 피우오

정신 호흡이 편안해지는 숲
미풍이 흔들리는 은사시나무 잎사귀
머리 위 창공에 솟은 은하의 별 떨기들
푸른 가슴을 설레게 하는 수림 얘기

봄 녘 황혼 녘 청색 현관에
깨끗한 시각이 햇빛 속에 반짝이오
절벽 높은 곳엔 용담꽃 방울꽃이 피고
폭포의 신화처럼 물방울 무지개 뜨오

아름다운 미광의 미소처럼
사슴뿔도 잠든 밤 초승달의 푸른 신호등
이른 새벽의 아침을 기다리는 노래
큰 세상 큰 바위 얼굴 사무쳐요

태극기로 얼굴이 덮인 채

태극기로 얼굴이 덮인 채
마지막 관이 땅 위에 내려지고
흰 천이 무겁게 펄럭이는
국가의 관을 거부하오

또 다른 어떤 사고처럼
거꾸로 매달려있는 깃대봉처럼
바람 부는 쪽으로 머리카락 산발을 하고
매스꺼운 심장은 경련 구토를 하오

운구한 헬리콥터 날개가 번쩍이오
육체의 영혼을 담은 정신의 유골 뼈 상자
끝이 보이지 않는 증오와 분노
거짓말 같은 캄캄한 세상

지켜 보고 있는 지금은
우리 모두를 시험하는 운명의 길이오
초승달 같은 눈시울이 입술을 깨물고
모두 지금 복수심이 불타고 있소

비정상적인 도깨비불 같으오

비정상적인 도깨비불 같으오
여름 늦은 밤 야광 문이 닫힌 세상에서
탐조등 불빛으로 저 숨은 모습을 드러낼 수 있을지
저녁이 깊어가는 마을마다 소란이오

임시 정부도 없고 법치도 없고
비운의 재판 속에 견디기 힘든 붉은 빨갱이들뿐
살아가는 진입로도 막힌 섬 같은 잿빛 도시
처음 느껴보는 가면을 쓴 불청객들뿐

당신은 어디에서 살아 계시나요
측량할 수 없는 눈으로 귀로가 막혀있소
비스듬히 쓰러져 가는 가로등 신작로 위에
어두컴컴한 숨소리 알 수 없는 저 도깨비불뿐

정의라고 부르는 가죽장갑을 낀 손뿐
실오라기 허영심 같은 발작을 하는 박쥐들뿐
길모퉁이에서 갑자기 불어닥치는 회오리바람 속에
휘청거리며 절름발이처럼 몸을 바로 세웠소

위선 또 위선 또 위선

위선 또 위선 또 위선
병원균만큼 냉담한 악한들의 빨갱이
어떤 대가를 치르는 치욕의 굴레 속에서도
정신 저항운동을 말살시키는 살인자들
조직적 권력의 폭력 행위들

사형이 집행되는 시점에서도
전쟁의 종말 같은 자유의 투사들을 처단하는
살육의 긴장감에 사로잡혀 이대로는 살 수 없어
녹슬지 않은 양심의 미래 산울림 피바다
건너오지 못하는 강물이 흘러가오

살면서 여러 번 길을 잃은 세상
불타는 소나무 꼭대기 곤두박질치는 다람쥐
죽음의 분기점 총알 폭탄이 터지는 정의의 광장
용기가 필요한 만큼 책임이 따라오는 단호한 산천
불탄 들판에서도 야생의 꽃은 피어나오

달도 별도

달도
무관심
별도
무관심

시간의 바큇자국만
찍혔소
눈물의 필적만
남았소

자유로이
풀밭에 풀 뜯는
마소도
무관심

여기
홀로인
나만
남았소

인생의 행로는 자유를 향하오

인생의 행로는 자유를 향하오
언제까지 휘어진 가로수 나뭇가지가 될까요
창백한 꿈과 향수가 맴도는 정체 상태
하루를 끝까지 처음부터 살아가는 곳

인내와 욕망 불굴의 의지 노동의 어머니
깊은 물살 속으로 빨려들어 가는 위험한 수치
밝은 표정으로 바라보는 생기 넘치는 희망은 어디
반복적으로 혹사를 당하는 척추뼈 발뒤꿈치

활기를 찾아 떠나는 한 마리 언어
바다에서 헤엄칠 수 있는 은회색 빛나는 시
빨갱이들의 그물망을 찢는 근간의 시간
소리를 지르며 신나게 달려가는 세상의 꽃

바람 타고 비처럼 내린 거룩한 땅
진한 커피 가루 식자용 공포 권력이 난무한 나라
골수까지 양심이 썩은 몽유병 위험한 환자들
아름다운 질서를 짓밟는 공산주의 용의자들

모든 것은 피 묻은 역사가 증언하오
과거의 교훈을 존중하는 자신의 발견은 없고
땀 한 방울 피 한 방울 술 한 방울의 고독 속에
아름다운 수정 구슬은 세상에 빛이 아름답소

시든 장미꽃의 싱싱한 봉오리

시든 장미꽃의 싱싱한 봉오리
푸른빛의 원탁 의자 포도주잔
파열된 청금석 아픈 심장 죽음의 조각품들
겨울비 같은 죽은 자의 상처가 깊다

창공을 날아가는 비행접시처럼
빛과 어둠의 청색 지대 활주로는 무너지고
독가스를 내뿜는 붉은 의혹의 빨갱이들
시간이 정체된 쓸쓸한 자유의 무덤

세월호의 단원고 같은 참사
앉아서 불을 피우나 서서 불을 피우나
불타고 있는 불꽃은 백조의 검은 눈방울
심장의 한 조각을 조문한다

하늘에는 전라도 무안 비행기 바다에는 세월호
땅 위에는 빨갱이 마음속에는 폭파음
조국으로부터 상처를 입은 피 묻은 언어
한 줄 한 줄 써 내려가는 조시

또박또박 눌러 쓴 조문의 눈물
손전등이 꺼진 손으로 더듬어 읽는다
잔인한 심전도 점자는 점점으로 찍혀 나오고
마당귀 빨랫줄엔 아침 햇살이 피눈물을 말린다

작은 소리로 불러도

작은 소리로 불러도
큰 소리로 대답할 때가 있소
야위고 목말라하는 산천 산하에
이 땅의 생생한 표정이 있소

향기 짙은 산맥과 수림들
동쪽으로 흘러가는 광채가 빛나는 강물 소리
이름난 산봉우리 화강암이 높이 솟고
산청 산색의 아름다운 풍경이오

오랜 세월이 다시 깨어나고
종을 위한 존재가 빛나는 메시지
새롭게 다가서는 위대한 흔적
연어의 산 교훈이 높은 회귀 정신

이유 없이 울고 싶은 마음
책에서도 문자로도 전승되지 않은
설핏 느낄 수 있는 야생의 산울림 정신
동해 물과 바다가 가슴에 출렁이오

가슴에 찍힌 피 발자국

가슴에 찍힌 피 발자국
논밭 경작지에는 워낭소리
판화에 찍힌 언덕바지
월광의 달빛도 사라졌소

쓰레기로 심문을 당하는
철썩이는 바다처럼
땅 위에 무성한 떡갈나무 풍경도
산울림 산색도 사라졌소

옹이투성이 세상살이
어릿광대 넝마 조각 가장행렬도
산울림 그림자 갈비뼈도
화무십일홍의 꽃도 사라졌소

물보라 물기둥 소용돌이
태양의 해변도 천둥소리도
울타리 없는 경계도
푸른 하늘 천지개벽이오

역사에 대해서

역사에 대해서
깊이 생각하고 있소
생각 생각은 역사의 방패가 되오
빗물이 흐려지고 물방울이 유리창 문을 두드릴 때
깨진 유리창 문에는 빗물이 새어드오

둥지를 약탈당하고 포획되고
진흙 묻은 발자국마다 곤두박질치는 날개
도살장으로 끌려가는 어미 소의 슬픈 눈망울 같은
피 묻은 손으로 손길을 부여잡는 역사
인류의 방식은 처절한 울음뿐인가요

예각으로 휘어진 청명한 가을 날씨
황금빛 들녘에서 낫질하는 늙은 농군의 땀방울
이 나무 저 나무에 매달려있는 마지막 잎새들
유언 없이 죽어간 사람들의 혼백의 서
흰 천으로 덮은 관 위에 떨어지오

서울 하늘은 만원이다

서울 하늘은 만원이다
소용돌이로 용솟음치는 물기둥 빛깔처럼
물보라 인간의 언덕은 자갈밭
한강 전체가 포효한다

포말로 흩어지는 지류
진창의 풀밭 아른거리는 천둥소리
가장 낮은 곳의 물방울 강바닥 돌멩이
서울 무지개는 강철이다

온갖 것이 흘러가는 흙탕물
눈에 들어오는 가슴 저미는 노래는
수심 밖에서 한숨 짓는 풀밭
서울 찬가는 살이 떨린다

맑은 하늘 광활한 세상
바다가 가까운 곳에서 새로운 발견
보존하고 탄생하고 생존하는
서울 서울은 만원이다

한 조각 한 조각

한 조각 한 조각
점묘화의 풍경의 그림을 그리듯
선명한 색깔로 영역 없이 확대된 사진처럼
영혼이 살아있는 마음을 기리오

생존의 집을 위해 쌓아가는 벽돌처럼
생존의 삶을 위해 열거되는 필수품처럼
때때로 너무 많은 생각 살아있는 용기처럼
옹골지게 세상의 혼불을 태우오

힘겨운 일상의 푸른 행복처럼
송림의 숲이 빛나는 초록빛 수정 구슬처럼
물처럼 반짝이는 좋은 소식 나쁜 소식뿐이랴
구불구불 피어오르는 숨 가쁜 발걸음

곱게 화장한 운명이란 여신 앞에
이방인의 죽음을 맞이하는 헬리콥터 날개처럼
이상향의 안식처 눈물의 통제구역
한 점 점묘화의 그림을 완성되리오

제발 노하지 마소서

제발 노하지 마소서
천하에 숨겨진 지옥의 궁전
소나무 기둥이 모두 잘려나갔소
새집 짓기를 그만두시오

황소개구리 개골개골
세상을 경멸하는 눈초리요
식탁 위에 차린 금방 구운 불고기
눈물의 김이 모락모락 나오

참나무 떡갈나무 늦은 밤
고대광실 마룻바다 미끄러워 광나오
왕궁을 훔치고 춤추는 빨갱이들
이 땅의 영들이 분노하오

낡은 집 불개미 집에서
어찌어찌 살라 채찍질을 합니까
이 현재 순간 먼 옛날로부터
오막살이 바닷가가 정이 가오

공명하는 마음으로

공명하는 마음으로
공허함을 깨닫는 인생은 불침번
쉰 목소리로 스스로 일깨우는 이승의 밤
산 산 산울림 메아리

새벽길 쑥대밭 해안선
탐욕을 벗은 삶 비탈길 언저리
길 위에 하늘과 땅이 서로 갈라서 있고
시간의 존재와 입맞춤 하오

가슴과 가슴을 맞대고
산꼭대기 뼛속에 잠긴 허공의 말씀
금성만이 홀로 빛나는 고요한 밤
꽃받침 같은 인생의 행로

언어의 천국 시인의 눈물로
황야의 광막한 겨울눈 회오리바람 속에
경계도 소리도 빛도 삼킨 생애의 원을 그리며
바보산수 산도 물도 흘러가오

콩나물 흰 실뿌리같이

콩나물 흰 실뿌리같이
꽃사슴 발자국이 찍혀있는 무인도
불곰들이 땅을 마구 파헤쳐놓은 삼각지
나는 저 갈 길 위에서 꿈꾸오

덤불 속 경계선 너머
빙하의 산정 북망산의 빙하
흘러내리는 오래된 강물 따라
연어가 아침 냄새를 맡으오

천년 빙하의 꽃이 녹아내리고
일광이 쏟아지는 하루씩 춤추는 강
능선이 아름다운 산울림 메아리 속에
희귀한 흰 까마귀가 날아드오

나는 미지의 시를 깊이 사랑하오
항상 새로운 삶 모두가 처음 같은 시작
오염되지 않은 오롯한 마음자리
콩나물 흰 실뿌리같이 살아가오

일터로 가는 사람들

일터로 가는 사람들
세상 살기가 뜨거워진 아스팔트
트럭에 짐 가득 실린 검은 고속도로
날마다 심장의 목을 조여 와요

절벽 가까이 골짜기를 지나서
숲과 들꽃 핀 풀밭을 가로질러서
차고지와 야적장 인부들과 교체하는 시간
동그랗게 마무리 짓는 삶의 터전

샛강엔 송어 떼 미끄러지고
맑은 하늘 산기슭엔 청노루 사슴 뛰어놀고
바위틈에 기어오르는 보호색을 띤 어린 다람쥐
눈부신 호반이 차려진 야영장 푸른 호수

인심과 천심이 가득 실린 검은 아스팔트
사랑하는 가족과 이곳을 찾아 소풍이라도 꿈꿔보련만
먼 산꼭대기 아래 선회하는 새떼를 바라보며
일사불란한 군무 나도 새가 되고 싶소

화공은 두 손이 없소

화공은 두 손이 없소
불구의 몸뚱이 험악한 세상
깡충 껑충 장애물에 걸려 넘어진 채
발가락으로 그린 그림이요

골진 세상 너머
번갯불 반쯤 열린 하늘
인과 속에 피운 꽃 한 송이
마음 밖에 무엇이 더 진실하겠소

회전목마의 화려한 밤은
추악한 사랑의 독약 촛불 향불 사르고
장대비 같은 사바세계의 노래는
전도몽상 비웃는 웃음소리

발가락으로 그린 그림이요
핏기없는 초승달 붉은 살점은
수마에 쓸려간 헝클어진 머리카락
수호천사 얼굴에 미소를 지었소

세상은 모름지기 모순의 찌꺼기

세상은 모름지기 모순의 찌꺼기
한겨울 여한의 눈발 속에 사월이 오면
온화한 일월성신 신념의 종소리 울리오
고집스러운 청개구리 웅덩이 찾아 울음 우오

숨결이 얼어붙은 차가운 가슴 속에
차가운 뼈 두개골 머리카락 으깨어진 미소
반쯤 얼어붙은 혓바닥 꿈꾸는 봄바람
시선이 녹아내리는 인생의 변두리

벽 모퉁이 빛이 새어드는 이생의 절정
여생의 고통은 가늠할 수 없으나 자유로운 기도
세상 속에 무언가 혼불을 켜놓은 마음자리
갈기갈기 찢어진 갈등 저항하는 숲

거리의 고통이 번져나가는 전염병 같은
죽어가는 자의 그림자 모르핀 주사를 꽂는
빨갱이 집단 라디오에서 흘러나오는 붉은 피 냄새
우파냐 좌파냐 우왕좌왕 야단법석이오

강인하게 타오르는 향초 섬세한 손길
역사의 침대에 못 박혀 있는 불타는 조국
미지의 혼령에게 하느님에게 여보세요 통화를 하면
하느님은 늘 누구와 먼저 통화 중이시오

이제까지도 발견되지 않았소

이제까지도 발견되지 않았소
갑골문자도 전승되지 않은 거룩한 땅
설핏 만져 볼 수도 없는 눈초리
새벽 종소리 귀 기울이오

친애하는 세상 똥구멍 님
더불어민주당 배설물이 무더기로 쌓인 집
몸집 큰 붉은 곰 무지한 빨갱이들
늘상 산딸기 청어 알을 강탈하오

위대한 방아쇠 일발의 총성 소리
지금 강가에는 무슨 일이 벌어지고 있는지
붉게 물든 물줄기 노을빛 먼 하늘 녘
세상의 교훈과 메시지를 전해옵니다

탁 트인 도약하는 강가에서
들판에서 피어오르는 철기 따른 꽃봉오리
숲과 숲 빈터에는 맑은 연못 달그림자
실실이 머리 풀고 미풍이 불어와요

여름의 태양이 춤추오

여름의 태양이 춤추오
고향나무 그늘이 시원한 곳
소나기 눈물 사이로 아른거리는 들녘
뼈를 거기에 묻고 싶은 슬픈 키스

신의를 지키며 돌아가는 물레방앗간
궁핍과 고통을 숨겨놓은 일상사의 일념 속에
가난으로 구한 빵 축복이 있는 사람들
부양하는 가족사의 행복한 저녁기도

요란하게 울리는 서울의 북소리
두 팔을 높이 쳐든 어리석지 않은 희망
바글대는 광화문 광장에 모여든 함성 소리
더 이상 물러설 수 없는 바리케이드

부활한 사람처럼 목에 매달린 혈투
가슴 속에 누워있는 슬픈 미소 행복한 별 떨기
모든 죽음은 공동묘지로 베틀을 옮겨 가고
치유 못 할 인고의 정신을 치유하오

제**2**부

법치도 양심도 다 죽었소

법치도 양심도 다 죽었소
뼈를 때리고 종아리를 매우 쳐도
이것이 민주 대한민국의 발로입니까
채찍질 소리 아프지 않소

이렇게 개작두를 대령했소
할아버지 지게 작대기도 호령이요
천불이 나서 천불이 나서 천불이 나서
저놈의 대갈통을 개 박살 내겠소

구름에 가리운 태양이 쨍하고

구름에 가려진 태양이 쨍하고
시간마다 울리는 은빛 초록 종소리
산울타리 산울림 꽃향기 속에
색색들이 피어오르는 눈에 비친 풍경

햇살 그늘이 향긋한 동산
함박웃음 포플러 창공이 높푸르고
어디론가 뛰어가는 아이들의 꿈 세상
높은 하늘 아래 풀밭에 모여드오

증거 하듯

증거 하듯
생이 느리게 죽어 갈 일이오
잡초 같은 백의민족이여
방앗간 사람들이여

의미가 없지는 않지만
아무 할 말이 없지는 않지만
뿔 달린 산돼지를 우우 사냥하는 날
방아 찧는 일이 참 즐겁기만 하오

세상에는 한 명의 남자

세상에는 한 명의 남자
한 명의 낯선 여자
하나의 이름으로
하나의 목소리로

옛길은 사라지고
모두 사라지고
면허증만 남는 세상
결혼 증명서

하늘이시여 나를 죄 하소서

하늘이시여 나를 죄 하소서
고운 명주실에 목 벤 고운 피같이
흘러가는 밤 월식의 밤 구름 사이로
얼음 같은 추위 횃불을 당긴 땅

하늘이시여 나를 죄 하소서
명징한 자태로 변함없이 타오르는 찬바람
욕망으로 가득 채운 필생의 발자국
저 먼 세월의 공간과 시간이 흘러갑니다

하늘이시여 나를 죄 하소서
종이 한 장에 휘갈겨 써놓은 소망같이
저녁노을이 잠든 세상 목말라하는 별빛처럼
초승달 모양으로 만들어 놓은 캄캄한 세상

하늘이시여 나를 죄 하소서
어둠 속을 비춘 푸른 행성이 반짝이고
이생에서 못 다한 생명의 꽃 이야기
위험을 감수하지 못한 미궁의 투쟁

하늘이시여 나를 죄 하소서
겁먹은 졸부의 피가 아닌 목말라하는 용기
인생에서 가장 비겁한 양심의 칼날
가장 야생적인 빛이 가슴에 빛납니다

지아비 지어미

지아비
지어미는 꽃 한 송이
저들의 아들딸은 줄짓고
떼 지어 사는 땅

위대한 탄생
생명의 소리
위대한 탄생
생명의 소리

쐐기풀의 푸른 수액

쐐기풀의 푸른 수액
둥근 통나무 일하는 개미의 허리
사방으로 흩날려가는 민들레 씨앗
늙은 느티나무는 달빛 친구
왠지 존재의 외로움
동분서주 일군 터전
귀뚜라미 뀌들뀌들 우오

깨어남을 위해
세상과 나 사이에는
나날이 찾아오는 새벽길
모두가 다 망각 생명의 순환
늙은 느티나무는 달빛 친구
왠지 존재의 외로움
혼불을 태우오

신발짝이 땅바닥에 딱 붙었소

신발짝이 땅바닥에 딱 붙었소
저지대의 홍수가 속수무책인 나라
강 건너 도시로 이주를 한 가난한 사람들
청소부 일자리라도 얻을 수 있을까요

진흙탕 속의 어미 개구리는
질퍽거리는 거리 웅덩이 속에 빠져있고
고집스레 우는 청개구리는 개골개골
검은 달이 뜬 밤엔 더욱 울어대오

바람이 부오 바람이 부오

바람이 부오 바람이 부오
실가지 나무에서 실가지 나무까지
통나무에서 통나무까지
벌목 정정 나무하오

천지신명님도
거룩한 부처님도 나무관세음보살님도
하늘에 별빛 총총 벌목하오
미음미음 도끼진하오

선회하는 비둘기 겨울 북소리

선회하는 비둘기 겨울 북소리
내팽개친 잎사귀들의 모양과 빛깔들
달빛을 베어 물고 크게 기뻐하며 부활을 꿈꾸오
한 점 신선한 산하의 공기를 만끽하오

땅 위에 움직이는 외침과 응답 속에
빛과 소리에 귀 기울이는 영혼의 그림자
부드러운 풀밭의 존재와 기억나는 풀꽃 냄새들
준비된 탁자 위에 빵과 포도주도 함께 마련해놓았소

초록 시간 너머 마지막 운명처럼
가슴 속에 애정이 차오르는 새벽하늘
흰 구름 모자를 쓴 달맞이꽃이 노랗소
달빛을 퍼 올린 소중한 일상이 흘러가요

선과 악이 필요한 선명한 세상 곳에
퉁명스럽게 불러보는 사투리와 욕망의 이름들
무위의 가르침 속엔 필살의 불길이 타오르오
명멸을 향한 용기와 승자와 패자를 인정하오

우리의 슬픔을 아무리 가린다 해도

우리의 슬픔을 아무리 가린다 해도
가로지르며 울부짖던 역사의 페이지를 지울 수 없소
해가 갈수록 더 뚜렷해지고 균형 잡힌 자전거처럼 달리오
애도하는 이 마음을 누구도 갈취할 수 없소

안개 낀 세상 속에 오그라드는 노을빛 하늘
맘 놓고 울 수 없는 요컨대 용서할 수 없는 과거사
폭풍우 밤이 불고 죽음이 바싹 다가온다 해도
초원의 소 떼처럼 무릎 꿇을 수 없소

홀로라도 촛대에 혼불을 당기는 기도
얼굴에 비친 의기 높은 신념을 불태우는 밤
필생의 과업처럼 바람 앞에 견딜 수 있는 표상
누리의 행복을 찾아 새벽닭 울음소리 들어라

함께 만나고 함께 사랑하는 마음
가진 모든 것 이름까지 내주고 싶은 사람들
이날까지 부르지 못했던 인간성의 자유와 권리
저마다 선택권이 있는 참된 자유인이 되는

이 땅의 갈림길 위에서

이 땅의 갈림길 위에서
유령이 나타난 빨갱이 불꽃 놀이터인가요
날개 돋친 뱀처럼 흉측한 형상
믿음이 죽어 나가는 불신시대인가요

잡초가 무성한 부벽 하늘 아래
해바라기 같은 또 다른 세상만사인가요
아름다운 꽃봉오리 행복한 소녀의 미소는 어디
역겨움의 충동을 느끼는 법복을 입은 빨갱이들뿐

피 흘려 싸운 백발 군인처럼
교외 덤불 숲속에는 원흉의 꽃 떨기 향기
산채로 끌고 가서 생매장한 원한이 있는 골짜기
산천 산울림 메아리가 호곡을 합니다

피 뿌린 헬리콥터 핏발 속에
광음의 폭음 소리 괴수의 흰 모가지 처단
산화된 의기의 충성심은 나라의 긍지 보배요
넋 푸른 대한민국의 정신 기상이다

무분별 무차별 무조건

무분별 무차별 무조건
빡빡하게 돌아가는 밀물과 썰물 사람들
새 세상이 오는 중 가는 중인데
서로가 인사도 없이 살아가요

단순한 인파와 적군파 파벌들뿐
바다에 오물을 함부로 투척하는 사람들
황량한 잿빛 고층건물이 높아만 보이고
푸른 대지는 늘 그늘에 가려져 있소

바다는 늘 밀물과 썰물이 이웃하오
큰 파도에 휩쓸려서 검은 바위에 부딪쳐도
얼굴이 몹시 깨어져도 함께 이웃해요
서로 몸을 돌보면서 살아요

깎아 만든 빨갱이 성가대는
탐욕의 콘크리트로 만든 인간의 무대장치
순전한 빨갱이 빨간 모가지 능변의 혓바닥뿐
모진 생활전선의 피 냄새가 진동해요

발가락부터 머리끝까지

발가락부터 머리끝까지
기억은 말보다 먼저 달려가오
삶은 어제나 힘차게 맥박이 뛰고
언제든지 자기 몸을 데리고 다니오

그곳에 도달하려는 욕망의 외침 속에
덤불 가시숲 속에 살갗이 찢겨 피를 흘려도
욕망의 이미지를 창조하는 상상력의 힘
언제나 미간의 생기는 더욱 강력한 곧은 정신이오

안과 밖의 심혼의 목소리처럼
신념의 눈동자 신뢰를 유지할 수 있는 마음자리
자신을 속이고 이웃을 속이고 나라를 속이는 빨갱이들
역사의 붉은 반역자들 피를 빨아먹는 범법자들

사회적 도덕의 꽃은 지뢰밭 목적을 위한 수단뿐
미혹의 박테리아 법치가 무너진 위험한 적색분자들
자물쇠로 잠긴 독방 유치장에 강금 당한 선량들
거울 속을 뚫어지게 바라보는 사람과 사람들

얼굴이 두꺼운 일족의 적색 반역자들
눈물 없이 금품 살포 사회적 도덕적 숨긴 공포
손목 발목 잘린 미래의 어린 학동들의 슬픈 눈망울
코 빠진 세숫대야에서는 누구도 목욕할 수 없소

두 줄로 늘어선 혁명로

두 줄로 늘어선 혁명로
오르막에서 자라고 있는 잔디밭
그림자 속으로 사라지는 박해받는 사람들
진실과 공포 투쟁의 집합장소

한 줄기 빛과 깃발이 모이는 곳
자신을 발견하고 증언할 수 있는 역사의 비명 소리
조국의 혼령들과 함께하는 태극기와 성조기
이런 시대에는 빨갱이 출몰이 극심하오

어리석고 모순적인 끔찍한 삶의 굴레처럼
세상의 변천사 속으로 곤두박질하는 빛과 광음의 질주
해안선을 통과한 거친 하늘길과 생존의 안갯길
손에 손잡고 걸어가는 꺼지지 않는 횃불 함성

총총한 그물 속에 뼈를 강금시킨 벽을 부수고
조금도 흐드러지지 않은 결속된 발길 눈꺼풀 위에
시선이 멈춘 피로 뒤엉킨 살육행위 빨갱이들
처처에서 발견된 잔인한 차바퀴에 깔린 사람들

주위를 분산시키는 세상살이 공짜심리
눈물 없는 생활자금 주홍빛 날개 속에 돈 몇 푼의 세례
햇빛 받은 라일락의 향기처럼 매달리는 사람들
나라의 영혼을 짓밟고 피를 파는 망국 행위이다

검은 옷을 입은 사람들

검은 옷을 입은 사람들
골짜기에서 계곡으로 갈라진 평지
신성한 이름이 시나브로 지워지는 곳
세상에서 가장 배은망덕하고 비열한 행위
인명을 빼앗아가는 장티푸스 빨갱이

이 마을에서 저 마을로
빨갱이 역병이 기승을 부리고
잠자는 나뭇가지 거대하고 비옥한 옥토
죽음의 세례를 받듯 죽어 나가고
사랑하는 마음과 가슴이 찢어지오

위대하고 인간적인 가치를 찾는
녹색 영혼이 깃들어 있는 거룩한 땅
무지몽매한 영혼을 일깨우지 않고
벌거벗은 가난한 사람들 앞에
십자가 칼처럼 피 뿌려 군림하오

인간답게 살려고 애쓰는
약속받은 땅 타고난 소질에 따라

함께 할 수 있는 구원의 길
조망이 잘 보이는 희망찬 곳
죽은 나무 옹이에서도 빛이 납니다

여기 바람 한 점 없소

여기 바람 한 점 없소
빛나는 하늘 허공의 빈 천둥 울음소리
저 달 보고 별을 세어보아도
생이 가야 할 길이 캄캄하오

날아라 날아라 날아라
더 높이 더 높이 깨고 일어난 아침
별빛 반짝이는 묘지 산성을 지나려면
두려움과 공포 주문을 외우오

한 번 뒤돌아보는 고적한 길
끝까지 따라오는 꼬리 달린 세월의 가시밭길
더 이상 앞으로 걸어 나가기가 두려운 공포
딱히 보이지 않는 고갯길을 넘어가오

달빛 비친 영원한 저편
횃불 밝힌 검붉은 성좌의 그림자
형상이 떠오르는 유리알 같은 항구의 모래톱
죽음의 십자가 종소리 바람개비 돌아가오

세상의 달그림자 너머

세상의 달그림자 너머
푸른색 빛나는 녹색 산하
아름다움을 다 표현할 수 없는 샘물이
깊은 온정을 베풀어주는 듯하오

온화한 마음은 천상천하를 찬미하오
일상 속으로 영원히 영혼의 꿈을 채워주는 듯
봄빛을 빨아드리는 대지의 축복 움트는 봄기운을
축복받은 색깔로 나뭇잎들이 활기차오

포효하는 바람 소리 먹구름도 지나가고
높고 험한 깎아지른 벼랑길도 모두 무너지고
번개 치던 불빛 신음 소리도 씻겨가고
꿈속에서도 죽은 자들이 일어나는 모습 보이오

세상 바다를 건너가는 키잡이 선장은
서서히 피어오르는 먼동이 트는 환희의 목소리
힘 솟은 희망의 노랫소리 모여드는 사람들
신이여 뜻대로 하소서 기도를 합니다

정신의 안개 속에서

정신의 안개 속에서
삶을 소생시키기 위해 애쓰는
아름다운 죄 얼어붙은 혀
천년의 동굴은 새 아침에 해가 뜨오

기적은 아무 데서 오지 않아
스케이트 신발을 꿈꾸는 고통 속에
혈관에서 꽃을 피우는 갈망하는 자유
봉긋하게 부풀어 오르는 희망

차가운 이슬로 반짝이는
해안선 위로 무지개가 뜨는 날
몸서리치는 세상 굴뚝의 연기처럼
짙은 회색 구름이 떠가오

잠그지 않은 창문이 열리듯
핏자국이 묻은 생애의 짧은 인생
무엇인가를 위해 자연의 유대감을 호소하오
배꼽이 다 나온 청바지를 나는 입었소

세상은 대인의 대로처럼 넓으나

세상은 대인의 대로처럼 넓으나
생쥐 새끼들의 꼬리만 줄줄이 보이요
사바세계를 어지럽히고 더럽힌 추한 빨갱이들
세상 덤불 속 깊숙이 몸을 숨어들었소

과원 속으로 파고든 단물 열매처럼
황토색 황금색 시월의 풍요를 위장하고
한 아름 광주리에 담긴 적색 공산주의자들
차로 변을 따라 늘비하게 좌판을 차렸소

고분에서 발견된 명조 황제의 유물처럼
피 냄새 풍기는 거짓 광고와 선전대 모리배 춤꾼들
마음의 바탕까지 물든 악질 칼과 채찍 소리
그 죗값의 무게는 쟁반에 올려놓을 수 없다

악의 뿌리는 그 열매까지 쓰고
자고로 단 열매는 그 꼭지까지 단 법이려니
나머지 빨갱이들아 그 언제까지 먹이사슬이 되어
우주의 질서 나라와 국민을 속일 수 있을까

감사와 찬사

감사와 찬사는
소임을 다하지 못한 가련함
뒤엉킨 인생사의 뿌리
그루터기 삶이요

감사한 마음이
매정한 가슴이
나를 슬프게 한 적이 많으오
두 눈에 눈물 쏟았소

호미와 곡괭이
용을 써도 소용없던 일
마음을 이끄는 상념의 얘기
사람 사람들이 미워질 때가 있었소

감사하는 마음은 나를 슬프게 하오
매정한 가슴은 두 눈에 눈물을 쏟게 하였소
연이어 가슴 밖으로 뛰쳐나오는 감사
주어진 소임을 다 하는 것이었소

바람이 야단법석이오

바람이 야단법석이오
여기저기 생가지를 부러뜨려요
견디기 힘든 추위에 가련한 몸뚱이
산울타리 뼈가 가난하오

견디기 힘들 만큼 추워요
가련한 몸뚱이 쿡쿡 쑤셔와요
시시때때로 화톳불이 무척 생각나요
오한이 들어 죽을 것 같아요

새 아침을 사랑해요
감긴 눈이 모두 뜨면 해요
이 한밤의 서리 바람 속에서도
건초더미 만월은 빛났어요

정신을 곧추세웠소
발끝으로 서면 어둠도 비켜서고
산울타리 너머 전해오는 훈풍의 미소
산천초목은 모두 쾌재를 부르오

어디 어디에든

어디 어디에든
자연이 나를 이끌어준 산과 강
무언가로부터 동물 같은 몸짓을 짓고
좋아라 좋아서 뛰어다니던 호시절의 옛 모습
열정적으로 뒤따르던 일
그때의 옛 생각은 생생하오
기쁨과 즐거움은 지금도 유효한 한 시절의 꿈
울려 퍼지는 폭포 소리 창창하오

눈에 보이지 않는 관심 밖의
어떤 상상력의 욕구를 채워주는 일
높은 평 바위의 위상 같은 큰 얼굴
산속 메아리와 함께 사는 아름다운 색조들
거슬리고 사는 억제할 수 없는 슬픈 음악처럼
만상의 귀와 눈은 마음을 설레게 하는 관조의 힘
인간의 숭고함을 일깨워주는 활기 넘치는 시간
한층 더 깊이 배어오는 곧은 정신

인간 심경 속에 굽이쳐 흐르는 강물
존재를 느끼게 하는 기쁨과 무언의 사랑

어떤 상실에 대한 슬픈 연기처럼
푸른 하늘과 푸른 태양과 푸른 공기와
푸른 녹색 지대 푸른 초원과 숲 그리고 바다
순수 언어와 영혼으로 만남 바람의 목소리
자연을 사랑하는 가슴은 세월의 미소
마음의 슬픈 언어로 나는 시를 쓰오

자연이 슬픔을 씻어주오

자연이 슬픔을 씻어주오
향긋한 산그늘 나무 아래
일일초 꽃다발 꽃 한 송이
즐거운 마음 감미롭소

부드러운 생각들
몸에 흐르는 인간의 영혼같이
이별한 가슴 슬퍼 마오
화환을 만들었소

문득 떠오르는 상념 속에
짜릿짜릿한 기쁨 산들거리는 바람
폴짝폴짝 노는 새들의 둥지
인간의 인간을 떠올리게 하오

가슴속에 가득 배어있는
일일초 꽃다발 꽃 한 송이
숲속 옹달샘에 흐르는 물소리
맑은 공기 함께 마시오

궁핍과 고통의 거리를 걸으며

궁핍과 고통의 거리를 걸으며
돈 몇 푼의 선심 공작 더러운 무관심 속에
공짜 아닌 괴로운 변화 가난한 이웃과 세상 사람들
사로잡힌 빨갱이 피 발자국이 어린 아기의 가슴을 찢어놓
으리라

눈물과 피 비린 냄새 진동하고 약탈 음모뿐이랴
죽음으로 뜨겁게 타들어 가는 공동묘지의 조종 소리
아무것도 모른 채 받아먹는 극약처방 어신들의 노잣돈
미래는 오염되어 덫과 굴레의 세상이 끔찍하리라

사로잡힌 희망 괴로운 행렬 속에
열병에 걸린 빨갱이들의 기막힌 음모 속에
머잖아 자식들의 간절한 기도도 부질없는 눈물뿐
악독한 괴로움도 종교도 영혼도 말살되리라

한 번 태어나서 악연에 걸린 후손들
행복한 가족사의 시절은 다시 못 보리니
대지는 빨갛게 불타고 바다는 파랗게 파도치리라
오직 죽음의 찬가가 애통한 운명이 되리라

결코 끝나지 않은 시간은 끝나지 않고

결코 끝나지 않은 시간은 끝나지 않고
절망 속에 빠진 마음에 다가서는
가시철조망이 쳐져있는 과수원길
지금 어디까지 걸어가는 새로운 세상의 거리인가요

주홍빛이 감도는 황금벌판 목초지
국토를 가로지르는 토양 어두워진 경계선
호수 위에 떠 오른 분열된 달빛사냥 빨갱이들
보고 듣지도 못한 정신 나간 행위들

논쟁해야 할 사람들을 따돌리고 감금당하고
조언하고 설득하고 가르치는 시급한 인식 속에
건설자 역사가 교육자 경영자를 짓밟아 쓸어 버리는
부글부글 게거품을 품은 빨갱이 족속들

저 어깨를 물어뜯고 얼굴에 침 뱉고 싶소
무한한 대지를 밟고 서 있는 역사의 광장에서
개미처럼 쏟아져 나오는 사람들 불빛 탐조등 나라 사랑
마땅히 지켜야 할 의무 만곡의 생명력

결코 끝나지 않은 시작은 끝나지 않고
지금 어디까지 걸어가는 새로운 세상의 거리
운명의 열차에 실려 가는 마지막 천심과 인심의 공수작전
빛나는 조국의 시간을 달력에서 찢어나갈 것인가요

엉겅퀴꽃 핀 언덕 너머

엉겅퀴꽃 핀 언덕 너머
눈에 보이는 정경 사랑스러운 응시
자비심 따스한 마음 쓸쓸한 기쁨이여
아름다운 꽃 이름을 지어 부르오

순수한 가슴에 방종하지 않고
얼룩진 혀와 증오심 경멸과 질투심
영혼을 지탱해주는 자존심과 울적한 인생사
헛된 삶의 표상을 쫓는 황량한 세상사

사색의 고요한 시간 겸손한 마음
언제나 의심하고 경계하는 피 냄새
가면을 쓴 변장술 업보의 탈바가지들
미친개의 이빨에 뼈다귀를 물린 빨갱이들

경계하고 기억하고 간직해온 형상들
존경할 수 없는 붉은 이빨 악독한 새끼들
진정하지 못한 인간 버러지 편협된 쓰레기들
개자식 같은 웃음소리 귀청을 찢으오

읊조리듯 흐느끼는 비장한 목소리

읊조리듯 흐느끼는 비장한 목소리
겨울 저녁 눈보라 주홍빛 경계 너머 광음의 천지
전장이 끝나지 않은 강가에서 불어오는 찬바람 하늘
가시철조망이 쳐 있는 총부리를 잡아당기는 땅

헤어진 무릎 군장을 착용한 눈빛 눈총들
바둑판 장기판 주사위 규칙이 깨진 총검이 드러난
위선적인 행동이 지워지지 않은 반칙 경계선
보호막이 헤어진 휴전선 끔찍한 폭파음

은막의 땅굴은 불법 빨갱이 죽음의 도박판
살생의 피가 흘러내리는 창백한 백골의 무덤
살 떨리는 총검으로 학살을 자행하는 붉은
잔인한 깃발 위험한 빨갱이 놀이터

눈보라 폭풍을 견뎌낸 155마일 전선
가뭄 든 식물은 점점 소생하고 고요한 물방울 소리
종족의 안녕을 위해 위대한 생명력의 야영지
빛나는 여름밤의 푸른 정맥이 푸르오

노동자의 증명서

노동자의 증명서는
건초 더미 진초록 잎새
천국 같은 들판
살충제로 죽어가오

야광 시곗바늘처럼
손바닥에 박힌 굳은살
햇빛 화상을 입은
울퉁불퉁한 대지

나의 조국은
횃불 밝혀놓은 마을
벌거벗겨진 맨몸
진흙이 깔린 땅

우리도 잘살아보세
아침 이슬에 깨어나서
슬퍼하고 더 애도하는 마음
풀꽃 잎 위에 키스해요

모두 죽어 나가는 무자비한 사투는

모두 죽어 나가는 무자비한 사투는
뇌가 터질 것 같은 재앙 역병과 폭풍 같으오
혼수상태에서 깨어난 두 동강 난 칼과 방패
인간 가슴 속엔 슬퍼할 시간이 없소

새로운 기쁨을 가져오는 세월도
동트는 태양의 아침은 광막한 벌판
텅 빈 하늘의 허공마저 돌아앉고
슬퍼하는 가슴은 눈물조차 메말랐소

휴식 시간을 기다리는 천국 같은 적막 속에
평화로이 반짝이는 은하수 별빛 밤도 암담한 지경
비정하게 울부짖는 얼굴 내뿜는 악취
인간의 근심 걱정이 하염없는 지옥

지진 같은 날카로운 폭파음 비명 소리
어두운 거리 비애의 불꽃 형체를 곧추세운 분노
사회 공동의 전리품 빨갱이들의 붉은 모자
이 땅 위에 재앙을 하늘은 분노하오

하늘은 우릴 쳐다보고 있소

하늘은 우릴 쳐다보고 있소
촛불을 밝힌 것은 푸른 생명의 꽃
삼켜진 눈물로 용기가 새로워질 때
가장 슬픈 미소로 기도를 하오

최후란 다시 오지 않는 사랑
오가는 시간을 막고 속일 수 없소
황금빛 나무는 가시밭길에서 자라고
깃털 하나 지푸라기 하나 소중하오

삶이 머뭇거릴 때 모든 것은 사라지오
눈에 불을 켠 세상은 소용돌이 광란의 도시
진정한 슬픔은 찢긴 옷자락 유린당한 젖가슴이오
멈추지 않는 만행 만취의 빨갱이들이오

멀미하듯 뱃멀미를 하듯
더러운 구토 더 비밀을 숨긴 악다구니
낼롱대는 살모사 거짓된 붉은 혓바닥
빨갱이 빨갱이 나는 공산당이 싫소

가물어 바닥을 드러낸 산천

가물어 바닥을 드러낸 산천
엉겅퀴꽃 수풀 잿빛 오솔길 따라
포연이 휩싸인 이 땅덩이
반쯤 전쟁이 끝난 휴전선

가시철조망 검은 머리카락
폭파된 벽 포탄 탄피를 줍던 아이가
계속 꿈은 자라서 전쟁터로 나가는 발길
나라 사랑 얼마나 빛나는 의무일까요

눈물을 흘리면서 깨어난 아침
찢어질 듯 가슴 아픈 탕탕 총성 소리
쥐엄나무 산자락 그늘이 참호를 지키고
부엉새 날갯짓 속에 별 밤이 빛나오

손가락 하나로 방아쇠를 당기듯
푸른 눈 푸른 악몽에 시달리는 흰 구름
풀잎편지를 쓴 가을 녘은 얼마나 순수한 것이냐
군사우편 화보에 실려 있네요

위험한 담벼락뿐이라

위헌한 담벼락뿐이라 대지를 더럽히는
조각난 하늘 정의롭지 못한 목소리
세상을 다 정복할 듯 반대의 반대뿐
끝도 없이 눈에 잘 보이지 않는 붉은 빨갱이들

내로남불 남의 탓 짓밟는 무지한 발자국
자작나무 유월의 땡볕 터무니없는 생떼 광고
조금도 진실을 알 수 없는 뻔뻔한 두 얼굴
광장 사방에서 경찰특공대 호루라기 소리

손에 손잡은 펄럭이는 태극기와 성조기
가만히 있을 수 없어 저항으로 핏발선 거리
당신의 아들과 딸들이 위험한 행진
커다란 톱니바퀴에 낀 핏자국

아파트 앞에서 학교 앞에서
검은 차에 깔려 쓰러지는 슬픈 장면들
부고장 없이 하늘에 쓴 원한의 편지
혼백의 식탁 위에 흑백 눈물만 흐르오

제 **3** 부

털 깎인 양모의 애처로운 울음같이

털 깎인 양모의 애처로운 울음같이
마지막까지 내세울 게 없는 빨갱이 불치의 세상
인간 시장으로 마구 끌려가며 음매 음매
텅 빈 들녘엔 저녁 종소리 울리오

박박 닦인 검은 하늘 아래
이 가을날의 풍년은 보다 풍성해졌나요
미래가 불투명한 어린아이들이 우 우 우 우
어디론가 바람같이 뛰어가오

깨어난 풀은 새로 돋은 풀이요

깨어난 풀은 새로 돋은 풀이요
아이들이 작은 손가락으로 만져봅니다
초록 그림자 꽃 피우고 향기 풍기오
뜸한 소로 길이 환하오

계절 중 가장 소중한 시간
흙구덩이에 든 들길을 비겁하게 비껴가지 않고
불손하지 않은 발길과 손길이 고와요
고요히 구름 흘러 햇살 반짝이오

사람과 사람 사이 2

사람과 사람 사이
증오한다 침을 뱉고
혐오한다 내팽개치고서
언제나 한 인간으로 살고 싶소

세속에 묻혀 살아도
훌륭한 침대보다
완벽한 밤하늘의 질서를 원하오
저 개자식들 빨갱이는 될 수가 없소

남풍

하늘에는 별 떨기
땅 위에는 꽃떨기

고개 들어 바라보는 별 떨기
고개 숙여 바라보는 꽃떨기

달 가고 구름 가요
너도 가고 나도 가요

남풍 소식 전해와요
눈물 글썽 사무쳐요

하늘에는 별 떨기
땅 위에는 꽃떨기

하늘은 푸르오

하늘은 푸르오
청명 삼월에 달 솟았소
계곡의 나무꾼은 물소리 들으오
초록빛 잠을 깬 영혼은 기뻐해요

풀밭에서 풀을 뜯는
온순하고 착한 마소
채찍도 막대기도 필요 없소
별밤마다 되새김질해요

동쪽 하늘 금성 자리

동쪽 하늘 금성 자리
파란 하늘 꼭대기 지붕 아래
땅 위에 통나무가 서 있는 마을
하얀 서리 햇살 녹아드오

나는 그대의 얄량한 낭군
끝물 밭에서 매운 고추 따고
땔 나무 한 짐 잔뜩 베어
지게 발목 지고 가오

조금은 용감해졌소

조금은 용감해졌소
가당치 않은 용서할 수 없는
모든 것 피 묻은 역사보다 냉정하게
바람 부는 쪽으로 불과 싸우겠소

오래 녹슨 칼의 분노처럼
시간과 도덕은 땅에 떨어지고
강철로 뜬 눈을 부라린 채
이 불확실한 세상을 쫓겠소

저 산 능선의 큰 바위 위에서

저 산 능선 큰 바위 위에서
독수리 눈으로 언제나 멀리 바라보는 곳
물이랑이 일어나는 전망이 좋은 바다
가슴 드러내고 연꽃 옥좌에 앉은 마음자리
제발 알려다오 이 세상 빛과 소리를

하늘 반 바다 반 하얀 물거품같이
태양 구름 바람이 질주하는 찢어지는 소리
번쩍이며 빛나는 물고기 혹등고래의 먹이사슬
드높은 창공과 수심 깊은 바다 사이
항상 외롭게 사는 나는 등대지기

강산 강토에는 꽃 애기

강산 강토에는 꽃 애기
들에는 청보리 애기
세상에는 빨갱이 애기
미친개 애기

환장이든 돈 애기
1인 가족당 금 180,000만원 애기
더러운 선심 작전 애기
죄인 대통령 애기

계속 잠자코 입 닥칠 수 없소

계속 잠자코 입 닥칠 수 없소
넋 없이 기달려야 새달이 차오를까요
들판 한가운데 설명할 수 없는 시간은 지나가는데
뾰족한 대답 없이 하늘빛은 끈적거리는 점액질이요

더 이상 쇠스랑을 들고 쪼그리고 앉아 있을 수 없소
속이 메스꺼운 혀짤배기 많은 사람들이 생애가 불안하오
무뢰한들 막돼먹은 빨갱이들은 통조림 정어리를 씹어먹고
바람에 떨어진 과일과 상처 입은 아이들은 맨발이오

깡마른 늙은 늙은이들은 실제로 굶어 죽었소
용기 없는 아낙들은 정신적 피눈물이 슬프오
건전한 육신은 젊은이의 땀방울 핏방울의 원수요
포기할 수 없는 용기 삼지창과 쇠스랑을 손에 들었소

맨정신이 근면하고 팔다리가 억센 청춘은
새로움을 창조하는 고귀한 이 땅의 영생의 불꽃
돌무덤이 세워질 때까지 증오를 불태우며
저 빨갱이들을 저주하오 달아오른 흥분처럼

슬픔의 맛은 멀리서도 느낄 수 있소

슬픔의 맛은 멀리서도 느낄 수 있소
서랍에 넣어둔 욕망의 칼날이 번쩍이고 빛나듯
쓰라리고 날카로운 금지된 치욕의 상처들
꿀꺽꿀꺽 침을 삼키는 충동의 분노들

저 거리의 바깥쪽은 근심과 진흙탕 길
은신처 하나 없고 때 묻은 위로도 없는 빈민가
숨 가쁜 계단을 헛발 디디며 올라가는 아우성 소리
죽음의 노천 침대는 살해된 시신이 늘비하오

추운 신년 초부터 전력 질주로 달려가는
빨갱이 불자동차는 경적 소리 거리에 멈추지 않고
온통 비극적인 뉴스 우울한 세상 불타는 연기뿐
한 번도 경험해보지 못한 지옥 같은 표정이오

아무 곳에서나 뭔가 무엇이든 사건뿐
빨간 얼굴을 숨기는 소식들 궁금한 장소와 음모들
큰 바다의 바다가 기울고 한숨짓는 세상 바다
물보라 머리카락 해일이 일 것만 같으오

돌아서기가 너무 늦었는가 봐요

돌아서기가 너무 늦었는가 봐요
구멍 숭숭 뚫린 비바람 물보라 태풍 속에
황혼의 그림자는 여름밤의 천둥소리 같고
별빛 초롱은 사라지고 검붉은 피바다
가까이 서 있을 수 없는 항해길

바람의 꼬리와 갈기를 세운 하늘
소리치며 일어서는 밤하늘의 무수한 초롱별 세계
애절한 일몰이 진퇴양난의 해변 도로
약자를 괴롭히는 폭력 또는 역겨운 사투들
누구도 손댈 수 없는 비명의 숨소리

점점 날조된 피 묻은 빨갱이 뉴스처럼
호적이 통째로 적혀있는 민중의 살생부 명단
희망도 행복도 없는 위안으로부터 소외된 시간
어디론가 끌려가는 해협의 붉은 연락선
피 끓는 부두의 뱃고동 소리 듣는다

비밀의 산 짐승들아

비밀의 산 짐승들아
평화와 평온을 꿈꿔온 바람과 불빛이 피어오르듯
동굴 밖의 풍경은 찬비 뿌리오
진창길 샛길 아래로
사냥꾼의 수레바퀴 자국 소리
호숫가에 비친 얼굴
누군가는 노래 조각을 모닥불에 불태우오

미래의 사랑에 대하여
평온이 젖어 우는 백 년의 나뭇잎처럼
동굴에서 몸을 말리며 방귀도 뀌오
태양의 하트를 만드는 골짜기에서
체포당한 세상 이름들도 모두 함께 지워버렸소
애매 모호한 늙은 청춘들아 머리를 쳐들어라
이젠 저마다 마지막 가는 길은 행복하리오

나는 벌거벗은 산

나는 벌거벗은 산
눈 모자를 쓴 화산같이
땀 흠뻑 젖은 무명수건같이
열기를 식히고 싶소

젖가슴 젖꼭지
눈길 따스한 미소
누구라도 상상할 수 있는
은밀한 생각

북쪽 한여름
부드러운 황혼의 저녁
강건한 몸과 정신
영혼의 씨알

나는 벌거벗은 산
눈 모자를 쓴 화산같이
눈가의 주름살 펴고 그녀와
사랑하고 싶소

길 따라 물 따라 살찐 여름

길 따라 물 따라 살찐 여름
멀리 떨어져 있는 옛친구들을 생각하오
소금 묻은 입술로 밤하늘의 별빛과 입맞춤하고
그리움 속에 춤추는 가슴이 뛰오

처음 저 달이 떠오르는 밤이면
구름 궁궐 여행길의 종점에서 만나
황홀한 밤하늘의 은하수 세계
사랑하는 마음 앞에 별빛을 뿌리오

아로새긴 수정 같은 가슴
모든 새벽빛은 하늘천으로부터 청명하오
사유의 나라 야생마들이 뛰어노는 들녘
시냇물에 씻긴 돌들도 함께 빛나오

철갑을 두른 푸른 소나무 푸른 숨소리
푸른 꿈 푸른 발자국 푸른 하늘이 열려와요
길 따라 물 따라 살찐 여름
멀리 떨어져 있는 옛친구들을 생각하오

산을 깎아 큰길을 만들 듯이

산을 깎아 큰길을 만들 듯이
하늘이 물려준 타고난 권리 중에
한 점 오점 없이 점 찍힌 기록처럼
미래도 죽음도 유물도 흔적도 고요히 남겼던가요

어슴푸레한 빛과 그림자 속에서
춤추는 표정 섹시한 손짓 발짓 몸짓
미소까지 앞세운 암컷 여우같이
털가죽도 물려받은 빨갱이 목숨값인가요

썩어빠진 세상 요동치는 난폭한 언어
숨 쉬고 뱉고 맥 빠진 맥박 한계성 죽음인가요
밧줄에 매달린 종탑의 종소리같이
짓무른 꽃무덤 위에 달그림자 어리네요

세월의 바큇살에 끼인 인생살이
아무것도 한 게 없는 위조된 행복이 아닌
위험 위험 흘러가는 시냇물 메마른 연못에
진흙 속에 파묻힌 연꽃이 피어나네요

검은 태양의 궤도처럼

검은 태양의 궤도처럼
땅속 지하에서 핵폭탄을 만들고 있는
날카로운 저주 출구 없는 빨갱이 유령도시
위급 상황에 빛을 내뿜는 명멸의 그림자 같소

조급하게 걸어가는 메마른 열기 속에
온몸이 타들어 가는 갈증으로 반사되는 빛 소리
서로 돌보고 사랑하는 이웃 사람은 찾을 수 없고
두 눈에 파장을 일으키는 죽음의 길 같으오

위험에 대처할 수 있는 것은 용기와 결의뿐
거룩한 파괴 폭파 폭음 소리 새로운 세상이 보이오
지금까지 말하고 싶었던 침묵을 깨고
피부의 찰과상과 상심의 상처를 씻으오

상록수 절벽을 휘감고 흐르는 강물같이
흉물스러운 괴물 머리 뿔나고 혀뿌리 갈라지고
반역의 죗값이 많은 왕관을 탈취한 빨갱이
두 눈에 불을 켜고 이빨을 드러내고 있소

거기 사람 없소

거기 사람 없소
마을버스에 사람은
만원인데
불러 보아도

거기 사람 없소
이 나라가
개판인 나라인지
대답 없소

거기 사람 없소
같이 살던
함께 했던 이웃들
호시절이 있었는데

거기 사람 없소
마을에는 개싸움
나라에는 개죽음
대답 없소

저주와 축복은 쌍둥이

저주와 축복은 쌍둥이
향수를 많이 느끼는 사람들
자유의 깃발이 휘날리고 있는 땅
조국을 기억하기 위해
백인장군과 흑인장군이 태어났소

진정한 자유를 위해
뽀얀 백설 눈가루가 산천에
거리를 가로질러 흩날리오
멀리 떨어져 있는 바다까지
하늘길이 트여있소

마땅히 복된 나라요
삶이 허락되지 않은 사랑을 위해
높은 계단을 달려나가는 행복한 하루
열린 마음은 여행을 떠날 준비가 되어있는
지하철의 움직임은 멈추지 않으오

두꺼운 돋보기안경을 쓰지 않아도
글자보다 소중한 진실 짧은 인생의 길

원망과 희망을 갈등하는 마음의 행로
발가벗겨진 거부할 수 없는 운명
나라 사랑 조국의 부름을 따르오

턱을 고이고 있는 조국 앞에

턱을 고이고 있는 조국 앞에
거의 어떤 꽃은 피지 않는 가뭄에 타고
산노을 기슭에는 백년초가 고개 숙인 채
무엇인지 몸을 움츠리고 있소

토양 깊숙이 묻힌 뼈들의 역사
쟁기로 갈아엎은 수치심 조롱당하는 충성심
계곡에서 젖은 목소리로 들려오는 산울림 뻐꾸기
어떤 절명에 내몰린 위험한 세상 녘이오

어떤 사람은 소생의 힘을 기르고 애쓰고
어떤 권력자는 날뛰고 조롱하고 끽끽거리고 발작을 하오
법칙 없이 애국민을 끌고 가 영혼의 침상을 불태우고
코뚜레 굴레 씌워 가는 도살장의 소가 되었소

조국의 아침을 위해 고군분투하는 거리의 광장
진정한 조국 고통받는 조국 향수를 느끼는 조국
순결함을 이끄는 인심과 천심을 일깨우는 천리마 장군
태극기 성조기를 두 손에 들고 피를 뿌리오

실패로 끝난 수술대

실패로 끝난 수술대
무의미한 폭력과 민주의 꽃 대학살이랴
사력을 다해 해결하지 못한 투쟁
저항하는 피 묻은 목소리

껍질이 벗겨진 방사선 치료 같은
폭력이든 비폭력이든 드러난 자유의 항전
괴사 혹은 조직이 죽은 세상
문드러진 호국의 산천이요

육신은 썩어 죽어가도
불굴의 의지와 곧은 정신은 살아 있어
인생에 대해 영혼의 꽃을 피우고
세상에 빈 의자를 내놓았소

점자로 읽어 내려가는
두려움 없는 마지막 시간을 가득 채운 용기
망가진 육체의 고통은 모두 사라지고
손잡아주는 조국의 여신과 키스하오

마음은 하늘처럼 고요한데

마음은 하늘처럼 고요한데
시냇물 은은한 소리 귀 기울이오
푸른 밤 헤치며 우는 부엉새 울음소리
아득히 가슴에 메아리치오

세상이 왜 이런가요
천길 절벽과 산꼭대기에 달이 뜨면
계곡 따라 사나운 사냥꾼 총소리뿐
황무지로 변해가는 황토 땅이오

발뒤꿈치에 달라붙은 악마의 진흙처럼
악귀 같은 두려움 혹은 파멸 혹은 혼탁한 세월
숲속엔 왜 저리도 이리도 이리 떼가 많은가요
천둥 법석 곤두박질 무심한 달만 떴소

감히 용서 못 할 죄를 저지르고
누구도 생각지도 못한 은폐 엄폐 속에
전에 보지 못한 피눈물을 빨아먹는 빨갱이 악귀들
밤하늘에 별 떨기는 백치처럼 떨고 있네요

역사의 현관 햇빛 속에서

역사의 현관 햇빛 속에서
강철 같은 눈초리
단단히 부여잡은 삶
남쪽과 북쪽은 총부리 싸움이오

매일매일 비상등을 켜놓고
세월의 강변에 노을이 지면
하루가 지나고 다음 날이 오고
섬세한 어머니의 손수건으로 땀을 닦으오

탐조등 불빛으로 밝혀낸
참나무 오리나무 숲속의 광채
붉은 꼬리를 숨긴 여우와 이리떼들
가파른 언덕을 주시하오

호우로 폐쇄된 고갯길
계곡 사이로 숨어든 빨갱이 도적놈들
늦여름 초가을 지형에 따라서
우리 용사들의 눈빛이 형용하오

매일 건너다니던 길

매일 건너다니던 길
커브 길 차에 치어서 죽은 사람들
속도를 줄여야 함에도 주의함에도 불구하고
어름 같은 싸늘한 눈초리

코를 찌르는 피 냄새
흔적을 남긴 빨갱이 기습처럼
누구도 차에 치어서 죽음을 면하기 어렵소
다행히 살아 있어 천당에 고발합니다

영혼의 체온이 뚝 떨어진 채
인생의 다리를 질질 끌며 절뚝이며
걸어가는 하얀 벽 병원 복도
영안실로 내통하는 길

끔찍한 인내심과
작은 손짓이라도 표현할 언어
핏기없는 정맥주사 정말 죽지 마오
연습 없는 인생사 눈물이오

피와 거짓말로 포장된 세상

피와 거짓말로 포장된 세상
부패와 몸가짐을 숨긴 빨갱이 집단
혐오스러운 생경한 모습
내로남불의 염색업자

붉은 혓바닥이 능란한 이리떼
표현과 말재주가 뛰어난 악질분자
죽이거나 죽거나 선택할 역사 앞에
민주의 소명이 활활 타오르오

어둠으로부터 전해오는 진실 속에
자유의 보배 산천에서 지저귀는 새소리
용설란의 명징한 향기 흘러가는 구름
젊었든 늙었든 욕망이 그득 찬 인생

이젠 선택을 거부할 수 없소
서쪽 하늘의 초승달 모양처럼 어둠을 뚫고
다시 바라볼 수 있는 둥근 보름달 정경
소명을 다한 시간과 공간이 아름답소

하늘의 행성이 빛나듯

하늘의 행성이 빛나듯
땅 위에 소나무도 푸르게 빛나오
손발이 살아가기가 힘겨워하는 세상의 시간
나쁜 소식 좋은 소식 사이에 세월이 가오

진청색과 진홍색으로 물든 산천
소신껏 석양빛은 변함없는 자연의 풍치
역사의 심장과 함께 숨 쉬는 오래된 터전
새로운 생명과 새로운 탄생을 축하하오

해안선 근처에까지 새 움트는 생명의 소리
차갑게 살아가는 충혈된 눈빛과 인간의 고뇌
한 자리에 동석한 검은 양복을 차려입은
암살자와 함께 술을 따르는 사람은 누구요

최루탄 밀매업자는 철조망 춤을 추고
무엇이 두려운가요 늦게까지 날아다니는 박쥐처럼
팔짱을 끼고 걸어가는 호루라기 빨간불 신호등
정신을 바짝 차린 자유의 사람들은 어디에 있습니까

하늘의 행성이 빛나듯
땅 위에 소나무도 푸르게 빛나오
손발이 살아가기가 힘겨워하는 세상의 시간
나쁜 소식 좋은 소식 사이에 세월이 가오

대지에서 대지로

대지에서 대지로
가슴에서 가슴으로
태동하는 인간의 시간
백 년이 지나도 자정이 오네

계절의 기운이 흐르고
고요한 시간 속에 법칙이 있어
영혼의 신성한 힘 선율처럼
철기 따라 산천은 옷을 갈아입네

오늘 하루 하릴없이
책을 덮고 큰 산에 오르네
다 같이 바람같이 노닐 터
천지조화는 녹음이네

단풍 지고 열매 맺고
올해의 생태 달력을 넘기노라면
바야흐로 흐르는 시간의 바다
마음의 기틀을 세웠네

붙박인 땅 언덕바지

붙박인 땅 언덕바지
사람들은 눈 귀 코 떨어지고 빠진 채
해골 같은 백골 상태로 무덤 속에 누워있소
햇빛 그을린 토양이 피 토하오

살아 악을 쓴 목구멍은 자취 없소
우중충한 낙엽과 불쏘시개로 덮여 있는 곳
강가에서 긴 다리로 춤을 추던 백학도 날아갔소
서쪽 바다가 고함을 치고 있소

지난날의 비탄에 잠겨 있소
가도 가도 황톳길 결빙이 든 산악이오
화강암 바위에 새긴 마음 심장이 뛰는 소리
어둠 속에 비친 달이 머리 비추오

노새 말발굽 소리 까치가 날고
은하수 아침이 하늘 비스듬 오고 있소
세월의 고향 땅은 풍상에 찌든 대지
풀밭에서 들려오는 은방울 소리 들으오

더 머물 곳이 없소

더 머물 곳이 없소
귀먹고 눈멀어 입이 닫혔소
새로운 기회는 이 땅에서 사라졌소
인간성의 선의는 이미 죽었소

이 세상의 한끝에서
돌진하고 부서지고 머리 으깨졌소
여자는 이빨난 옥문이 깨지고
샘 속에 물 길러 내다 파오

태양을 등지고 앉아
모래턱에서 인연의 조개껍질을 벗기고
돌미나리 뿌리라도 캐어내어
대지의 푸른 꿈을 꾸오

변신의 귀재들 빨갱이들
유별난 독수리는 세상의 눈을 파먹고
백조의 둥지를 빼앗아 갔소
낭자하게 피를 뿌렸소

한때 맑은 하늘

한때 맑은 하늘
눈에 들어오는 허벅지 언덕
숲이 우거진 무성한 땅 골짜기
소나무 씨알 뿌리내리오

헬리콥터 진동 소리
높은 곳엔 제트 비행기 음조
안전거리를 유지하는 교통로
필생의 강을 건너가오

광활함을 일깨운 대지
탄생과 보존의 나의 삶의 뿌리
단단해져 고개를 쳐든 강
게으르게 헤엄을 치오

단풍나무 떡갈나무 은행나무
뜨거운 계절 태양으로 얼룩진 단풍
바람 소리 웅성거리는 세상살이
멋진 옷을 차려입은 산천이요

머나먼 세상 너머

머나먼 세상 너머
슬프고 쓸쓸한 가슴
얼룩진 눈썹 까만 머리카락
맘껏 노래하면 행복해질까요

내 사랑 요람의 아기
살과 피로 된 귀여운 아기
엄마 가슴에 맺힌 고통과 한이 풀려나가고
젖가슴을 더듬는 작은 아기 손

죽을 때까지
늘 진실한 사랑
바다 끝자락 파도 소리 잠들고
축복받은 영생의 깃발

꺼지지 않은 들불 아래
언제나 사랑의 길잡이
두 가슴에 안긴 귀여운 아기
창밖엔 춘궁의 새 떼가 지저귀오

햇빛 아래서도 달빛 아래에서도

햇빛 아래에서도 달빛 아래에서도
끊임없이 어떠한 참상인지 생활고 여실하다
늙은 뼈마디 드러난 비참한 모습
가련한 노파 불쌍한 여인

참 딱한 상황 꽁꽁 얼어붙은
덜덜 떨고 있는 세상은 브레이크가 없다
추워서 잠자리도 들지 못하는 거리
검은 밤하늘을 서럽게 바라본다

강변의 강물은 꽁꽁 얼어붙어도
얼음 속에서 물은 요리조리 흘러가는데
울타리 없는 저 늙은이 갈 곳은 무덤
밤하늘 우러러 칠성점을 친다

칼바람 불어 세상은 야단법석
숱한 생나무도 잘려 나가고 쓰러지고
성성한 나무 견디기 힘든 빨갱이 세월
화톳불 가엔 어린 손들이 모여든다

불덩이를 뿜어대는 화산같이

불덩어리를 뿜어대는 화산같이
어디까지의 길 위에 배회할 것인가요
안식처 없는 오갈 데 없는 노약자들
가을풍 잎새에 이는 신세 같소

붉은 악취가 풍기는 하수구처럼
소리 나는 양철 지붕 아래를 배회하는 거리
증오심이 불타는 땡볕 도시의 골목길
웅크리고 한 줄로 있는 특수가시철조망

살점이 찢겨나가고 핏발선 아우성
전쟁과 평화를 말하는 인간의 목소리
구토와 피를 토한 판자촌 가난한 사람들
한번 끌려가면 소식조차 캄캄하오

아직도 벽 쪽 귀퉁이에서 누군가 서 있소
늘비하게 끌려가는 미친 세월 운명의 사람들
미친 빨갱이 나팔수들은 희희낙락 설계자 같소
당신은 어디까지 안전한지 귀의처가 있소

제 **4** 부

사람 사람이 사는 동네에

사람 사람이 사는 동네에
구름 한 점 떠갑니다
백발 군인처럼 불 켜놓은 세상
허리 굽어 세운 지팡이가 걸어갑니다

투명한 산맥들과 함께
침묵의 공간 너무나도 많은 새 떼들이 날아갔습니다
어떤 피 발자국은 땅에 새겨지고 어떤 피 발자국은 흔적
도 없습니다
내가 죽어가면 한 마리 휘파람새가 되오리다

칼도 쥐고 주먹도 쥐었소

칼도 쥐고 주먹도 쥐었소
위험한 아이라고 말하지요
이 땅에 태어난 장부의 기상이오
남달리 눈빛이 형형하오

성벽으로 둘러싸인 봄
몸속에 껍질이 벗겨진 목소리
하늘 높이 솔개 한 마리 비상을 꿈꾸듯
상기된 얼굴이 화하오

죽음으로부터 비싼 값을 치른

죽음으로부터 비싼 값을 치른
욕망의 강물은 흘러가고
생명보험으로 만든 풍요로운 사회인가요
가족사진이 찍힌 가슴엔 저녁 종이 울리오

걸어온 생애의 목록들 프르그램들
짊어지고 가야 할 손때묻은 인생의 변형들
향기 없고 무게 없는 힘든 거짓말 같은 빨갱이 사회
마지막 보상을 받은 곳은 하느님의 부름뿐인가요

온밤을 달구경 하오

온밤을 달구경 하오
벌거벗은 달빛 흘러가는 물소리
나무아미타불 관세음보살 수천수만 번
정으로 다듬는 목탁 소리

고요 속에 펼쳐진 북망산
한없는 풍상 끝없는 세상살이
어찌 날 홀로라도 살라 당부하오
바람같이 물같이 살라 하오

하얀 찔레꽃밭에서

하얀 찔레꽃밭에서
두 손으로 부드럽게 만질 수 있는
인간의 날카로운 진실은 가시의 고통뿐인가요
피부에서 찢어나오는 피인가요

인간이라는 동물들
지구상에서 가장 잔인한 역겨운 외침들
먼 과거로부터 걸어 나오는 봉하고 봉한 붕대 자국
아기를 낳아 축복하고 죽음을 알려옵니다

정신이 잘 길들어졌소

정신이 잘 길들어졌소
피로 엉키어 붙은 삶의 포말처럼
몸을 다 쏟아놓은 시간
대지의 종말이 오고
바람의 회초리를 맞는 인생

불꽃과 연기를 일으키며
영혼을 찢어놓는 핏빛 안개 속에서
시대의 강을 건너가는 고독한 시간
지평선 너머 흰 구름 떠가고
달빛에 반짝이는 조개껍질 인생

어느 날 하루 끝자락에서

어느 날 하루 끝자락에서
송골매가 날고 있는 높은 하늘
포도밭 근처 위대한 가을 풍경
제 맘껏 유영하는 흰 구름
넓은 들 구불거리는 길

사랑으로 무장한 욕망
기억에만 남아있는 푸른 강
해안으로 따라가는 비단 같은 마음
슬픔 속에 발효된 행복감
행복이란 매력적인 인생

분신처럼 행위처럼

분신처럼 행위처럼
고속도로로 뛰어든 노루처럼 깔려 죽는
어릴 적 청개구리를 고문하는 아이들처럼
기억하며 헐떡거리는 잿빛 도시
두 어깨에 손을 얹은 슬픈 눈구멍

하수구로 구정물 똥물이 흘러가고
전선 줄도 배배 꼬인 위험한 골목길 거리
녹슨 유산처럼 시민 공원이 깡그리 파괴된 의자
정의를 실천할 수도 마지막 인심도 구할 수 없는
녹 딱지가 안겨 붙은 반항적인 이야기

하늘에 별이 뜨건

하늘에 별이 뜨건
바람이 불건
산꼭대기로부터 떨어져 나온 연못
비애의 산자락과 이끼 낀 바위를 품고 있구나

휘감고 올라가는 고목 나무 담쟁이
서리 찬 고통처럼 마지막 잎을 떨굴 때
떨어져 파문을 일으키는 연못은 수심 없이 고요한데
내 늙을 노 짜 육신은 색깔 없이 물색만 들었구나

엉겅퀴 우거진 들판 목초지

엉겅퀴 우거진 들판 목초지
방향을 틀면 북쪽 거친 땅덩이
하늘과 허수아비 황금빛이 차곡차곡 포개진 곳
새벽 노동자들이 갈매기 울음소리 듣는다

곡식 낟알이 흩어진 거리 유리창이 흔들리는 도시
뾰족한 탑 세일즈맨들의 버스 종점 노예박물관
믹서 세탁기 건조기가 돌아가고 인간 시장은 만원이다
문신을 세기고 스카프 두른 미녀 군단들이 화려하다

마을에서 쫓겨난 산울타리 너머 세상살이
나뭇잎 잡초 같은 눈에 띄지 않은 야광 좀 벌레들
인간 사는 동네에 인간다운 사람 냄새도 사라졌다
초록 시간 너머 인간 벌레들이 우굴거린다

몹시 추운 바람이 불면 구름 머리칼 헝클어지고
퀴퀴한 침대 흰 이빨을 드러낸 가난이 떨고 있는 시간
척도가 없는 인생살이 방정식은 삼차원의 공포
스스로 더할 나위 없는 자신을 비웃고 있다

봄에 깬 사시나무처럼

봄에 깬 사시나무처럼
시간이 저장된 심금의 시간
광휘의 섬광이 찬란한 생의 나루터
햇살이 포개진 물빛 반짝임이 눈부시오

지친 팔다리를 이끌어주듯이
남풍의 숨소리 들꽃들의 반란이오
신록의 산천은 산울림 푸른 종소리
솔바람 새소리는 꿈으로 들으오

아름다운 경건한 마음이요
믿음의 치유처럼 백발의 안경을 쓰고
광포한 가락이 흘러넘치는 만화 산수풍경
애정 어린 보살핌으로 대지는 거룩하오

말 없는 생각들 시혼을 일깨워주오
움트는 봄기운처럼 슬픔 없는 열락의 기쁨 속에
꽃무늬 열매의 향기 따라 사랑을 기도하오
강물 비친 저녁노을이 루비처럼 아름답소

귀에 익은 종소리처럼

귀에 익은 종소리처럼
어릴 적 잔디밭이 눈부시게 펼쳐지고
채색된 흰 구름이 떠가는 하루
바다 쪽으로 풍경이 열렸소

집도 땅도 없는 이 세상 한복판
자신이 원하는 능력과 당위성은 어디
얼마나 많은 생의 울타리를 타인으로 살아왔는지
허적허적 따분힘 속에 니이테만 주름졌소

무엇이 진실이고 실제인지 옳은 것인지
확신하지 못하고 세상 변해가는지조차 모르는 무지 속에
늙다리로 허비되어 죽어가기 시작하는 시간이 점차 다가와요
늦게 정의를 찾은 결의 속에 상한 날개를 파닥이오

기대에 찬 표정으로 기억의 강물은 불어나고
내일의 시간 속으로 치달면서도 레코드판을 연거푸 틀어요
상실의 구름다리를 건너 옛 모습이 어리는 달빛 사냥
오늘은 쨍하는 태양의 젖꼭지를 물고 눈물지오

커다란 하늘 서울역 앞엔

커다란 하늘 서울역 앞엔
빛 뿌린 광음의 폭파 천심을 일깨우오
소리 없는 아우성 이유 없는 천만인의 힘찬 발걸음
태극기와 성조기로 두 손에 펄럭이오

하늘의 점성술 같은 가슴엔 별자리
암울한 망연자실한 빨갱이들의 붉은 행위
민주의 꽃을 짓밟은 부정선거의 원흉들
천만인의 발길은 훨훨 불타오르오

아물지 않은 영혼의 상처처럼
공간과 시간을 채워나가는 천상의 분노처럼
피 멍울진 흔적처럼 꽃봉오리처럼
모두 다 일치된 마음으로 깨어났소

나라의 기둥 젊은이들이여
피 비린 자유의 빛은 가슴에 불타오르고
생애 내내 속박과 절규의 채찍 소리 들으랴
죽어서라도 한 마리 새 되어 푸른 대기를 날리오

고해의 바다 십자가처럼

고해의 바다 십자가처럼
언덕 위에 올라 메아리치오
고통 없이 홀가분한 마음을 얻은 듯
산새와 산짐승들이 한 가족 같으오

외로움의 멋진 자연의 친구들
포로롱 나는 모습과 지저귀는 노래
소리 귀 밝은 토끼와 늑대 얘기
영혼의 인식일치럼 기까이 다가왔소

톱질하는 나무꾼과 튼튼한 육신
야생화 향기 흙을 덮어준 곡식과 씨알들
숲속에는 약초 자라고 둔덕 텃밭에 채소
만사형통 생각은 사악함이 없소

만상은 책이요 글이 되니 기쁘오
자기 고백의 심판도 없고 즐겁게 일하는
대초원의 녹색 들판은 나의 집
벌거벗은 자유가 있어 삶이 감동이오

어디 인간이 인간 같소

어디 인간이 인간 같소
어디 정치가 정치 같소
어디 국회가 국회 같소
어디 나라가 나라 같소

하루아침에 도둑놈이
정당 집단 우두머리 되고
사회전과범이 대통령 되고
부정선거 난무하는 대한민국

기가 막혀 피가 솟고
소름 끼쳐 열불이 나요
하늘 우러러 서면 먹구름
땅을 치며 바람이 우오

속상해 마을 천렵가면
개작두 대령이 최고 걸작이요
미친개 잡아 가마솥에 푹푹 삶아요
할아버지 지게 작대기 호령이요

바람 불어 좋은 날

바람 불어 좋은 날
5월의 작은 산새 무리처럼
종소리 종소리 울려라
소나기 눈물의 키스

바람 불어 좋은 날
새벽 별은 잘 알고 있겠지요
꽃 피는 날 꽃댕기 곱게 빗은 날
조례청에 나가 밀질하는 날

바람 불어 좋은 날
서방세계 애걸하는 운명
희망도 사랑도 부질없는 일
저승 열차에 탑승한 손님

바람 불어 좋은 날
눈물 젖은 존재의 쑥대머리
백골 산천에 무덤 하나 짓고
둥근 달 초롱별 뿌리오

등에 짓눌린 인생 고락

등에 짓눌린 인생 고락
무거운 세월의 봇짐을 지고
푸른색을 즐겨 입었던 늙은 정치 사냥꾼
저들이 남긴 인생을 고발하오

뿔피리 잘 불었던 효 시절
줄잡아 볼 만큼 기쁨이 가득한 명성
백발백중의 명궁 솜씨가 낙이었지
명견들도 유일한 재산이었소

한쪽 눈 빠지고 뼈대 부서진 수족
몰이 사냥꾼들도 하나둘 멀리 사라지고
빈터 공유지 움집에 의지하고 목숨 연명하느니
거의 누구도 알아보지 못하는 빨갱이 놈

깡마른 몸뚱이 발등이 부은 발목쟁이
홀로 몸도 경작하지 못하는 나약한 인간 벌레
가엾게 자기 팔다리 수족도 맘대로 듣지 않는
몽롱한 죽을 때를 애써 기다리는 신세요

도약하는 맑은 시냇물 소리

도약하는 맑은 시냇물 소리
바위 입술을 깨물고 폭포로 흘러내리오
빛으로 흩어지는 물방울 반짝임
화강암 바윗돌을 씻어주오

모든 것 제 길을 찾아가듯
지류 물길을 찾아가는 길
아래로만 흘러가는 청량한 물줄기
들꽃 뿌리도 적셔주고 가오

아른거리며 창창한 대지
둥근 바위 천둥소리 유희를 하듯
물보라 용솟음치는 폭포
작은 물방울이 무지개 피우오

미끄러운 산정은 흰 구름
소나무 푸른 안개 부드러운 숨결
위대한 곧은 정신 사통팔달
흠뻑 젖은 기개가 빛나오

진실은 말하기 어렵소

진실은 말하기 어렵소
사실을 불태우는 것은 고통이오
화산의 불꽃이 솟구치듯 대지는 타들고
아무 소리도 들을 수 없는 암흑천지
압제자의 언어는 불꽃 같소

표독한 표범의 심장을 가진
무차별 폭력의 불꽃을 내뿜는 생지옥
매캐한 불길은 생의 반대편에 서 있는
물을 따라 마실 수 있다면 행복한 것
바람을 안고 걸어가는 세상살이

승자는 미리 내일을 예견하오
저항하는 길 위에 뿌려진 굵은 왕소금같이
이 마을에서 저 마을로 운반하는 정의의 함성 수레바퀴
붕대를 감은 사람은 건강하지 못하오
어깨를 헤쳐가며 걸어가는 사람들

관 속에서도 기만을 당한 재앙
관 밖으로 내민 발가락 죽음을 기원하는 노래

먼동이 틀 무렵 초록빛 들녘 복사꽃이 핀 생의 언덕
평상심을 되찾아 세상의 삶 속으로 비행하오
또 다른 세상 문 앞에 덕목을 닦으오

오랜 책을 불태우는 분서

오랜 책을 불태우는 분서
꿈을 꾸는 빨갱이들의 웅성거리는 소리
바람 부는 쪽에서는 바다 냄새
사랑과 공포는 고통스럽소

석판에 새긴 붉은 언어
해안선에서 들려오는 야생의 풀꽃 애기
손으로 만져보는 상상의 날개여
연기로 피어오르는 세상이여

눈에 눈물을 고이게 하는 세상
외로움 책 속에서 편안함을 찾았는데
고통받고 있는 인간의 언어
핏덩어리 어린 손을 내미는 구원의 길은 어디

헐떡거리는 한숨 짓는 숨소리
지금까지 세상에서 일어난 나쁜 일들
누구도 무슨 일 더 일어날지 모르는
오랜 책을 불태우는 분서

공중 부양을 하듯

공중 부양을 하듯
생명이 갑자기 빠져나가듯
속죄를 하라 세상은 보이는 것만 보인다
땀으로 적신 심장이 폭발한다

평생의 길 위에 서서
삼색 신호등을 눈에 불을 켜고
흰 사다리를 놓고 건너가는 사람들
성운의 시간이 흐르는 땅

하늘의 형상들이 가득 차 있는
괴물 같은 세상살이 캄캄한
황소 별자리
빨갱이들

가시에 찔린 가슴으로
시린 눈물 중심핵으로 서 있는 광기
더 헛되이 살 수 없는 땀으로 적신 박동 소리
엄청난 소용돌이 정신 차릴 때가 왔다

피를 찾아다니면서

피를 찾아다니면서
정체성의 고통을 받으면서
승자와 패자의 버림을 감수하면서
자신이 하고자 하는 임무를 수행하면서
먹잇감을 찾아 사냥꾼이 되었으랴

오늘은 단지 세월의 하루일 뿐
경직된 얼굴로 심혼의 애도자 얼굴로
자존심에 사로잡혀 공격하고 피 내고 살생하고
고독에 휩싸여서도 속죄가 없는 세상 녘
잎새마다 단풍 든 구월 하늘이 푸르오

오천 년의 세월이 무색하오
끔찍한 과거 뱀처럼 이어가는 축제 마당
냉소와 불만족 망각의 논쟁뿐
진부한 마음의 상처뿐
무엇으로 애써 인생을 찾아야 합니까

선조의 피가 낯설은 역사 속에
울고만 있을 수 없는 불만족 시대에

벽 바깥쪽 세상은 유리알 궁전
새로운 정신의 씨알 속에서
누가 구둣발로 짓밟아 버릴까요

인생에서 가장 괴로운 순간

인생에서 가장 괴로운 순간
불길은 지칠 줄 모르고 속 타오르고
남은 이생 통째로 삼켜버릴 듯 의지와 상관없이
고통을 겪는 말 없는 비명 소리

산더미처럼 싸인 역사의 증언 속에
또 다른 여름은 가고 의문이 남는 쨍쨍한 햇살
정신의 열기는 불길같이 지칠 줄 모르고
산더미처럼 싸인 유익 무익한 정보 시대

정신이 올바른 사랑이 깊숙한 곳에서
남은 인생과 남은 역사책의 페이지를 넘기면서
비명을 지르며 말없이 고통을 겪으면서
더 이상 의문을 제기할 권리는 어디

화인이 찍힌 가슴은 인류가 겪어온 실패
세상과 세월을 낭비한 채 세대 간의 약속도 말살된 채
실패를 공유하는 인류의 짧은 인생 캄캄한
보통 남자와 여자로 행불행을 그대로 따르겠습니까

비록 1

비록
피땀의 모양은 다르지만
창가에 켜놓은 불빛 하나
늦은 이 시각에도 빛납니다

새벽하늘
어두운 침실에서
하얀 나방 한 마리처럼
빛을 풀어놓고 기도하십니까

뭇별이 타오르고
어둠을 꿰뚫은 여명의 아침까지
추위를 가로질러 고요히 잠기면서
풀빛 세상을 몽상하십니까

집 없는 민달팽이는
천천히 기어서 촉수를 앞세우고
야행의 험로가 골수에 사무치도록
자리를 지켜 삽니다

진공청소기 주둥이로

진공청소기 주둥이로
분진 같은 과거의 삶을 빨아드리듯
표현할 수 없는 더러운 저 반역자 이가 놈 비롯해서
악취를 풍기는 빨갱이 놈 저것들

백골 백지장에 서명 날인 하듯
나라 안에 있는 모든 먼지 쓰레기 잡것들과
쓸모없는 서랍장 속에 병뚜껍과 수채화 붉은 물감들
하늘색 피를 흘리는 세상의 통단들

거짓말 같은 혐오자들
진정 믿을 수 없는 반투명 괴물 인간들
야만스럽고 뻔뻔한 두 얼굴 쌍시옷들
의혹의 관계가 깊은 적군 파들

이승과 저승 사이
죽은 자와 산 자 사이에 있는
반투명 커튼 너머 먼지 낀 유리창 너머
나는 진공청소기 주둥이로 북해해협을 빨아드리오

존재에 관한 역사에 관한

존재에 관한 역사에 관한
인생을 살아가는 청사진 악의 없는 언어
비록 슬픈 분노가 시작되어 고통스럽지라도
의미 없이 머리카락을 잘라버렸으랴

조망이 드러난 거대한 지형처럼
몸통을 드러낸 노골적인 침묵 같은 적개심
스스로 멈출 수 없는 진실과 어떤 비명 소리
길 들려지지 않은 실문과 대답 없는 세상

태양 아래 푸른 불꽃을 뿜은 산천초목과
굶주림에 정신을 잃은 산모와 갓 태어난 아기
아무것도 내줄 것 없는 환상의 열차를 타고
신록이 빛나는 속삭임 촉촉이 젖은 하늘나라

죽은 시인들이 무덤에서 일어나서
세상 벽 쪽에 분필로 써 놓은 인생편지
화강암 이슬로 반짝이는 거룩한 파괴
고개 쳐든 눈동자 창백한 구름이 흘러가요

비정한 얼굴 울부짖는 목소리

비정한 얼굴 울부짖는 목소리
날카로운 비명소리 악취를 내뿜는 빨갱이
연기처럼 피어오르는 암흑세계의 괴로움
아 괴로움 길을 잃은 비애의 슬픔이여

임의의 시한폭탄이 쾅 터질 것 같은 분노
핼쑥한 일광 속에 회오리치는 비탄의 핏발 소리
왈칵 해일이 덮칠 것 같은 곧추세운 지옥의 불덩이
밤바다가 일어서는 조국의 초록 물결 힘차다

향긋한 바람 부드러운 산천의 운기는
하늘의 불탄 자리 울분이 씻긴 자리
세상인심과 천심을 땅 위에 일깨운 터전
알 수 없는 또 다른 세상 비애를 위안하오

대지의 항구는 온전한 정신과 희망
바다의 꿈은 살아있어 대양의 북소리 함성
악취를 내뿜는 빨갱이들을 모두 공멸 소탕하고
이 땅에 길 잃은 슬픈 비애를 씻으오

공산당이 싫어요 빨갱이

공산당이 싫어요 빨갱이
처세와 행위는 인간 짐승 떼 같아요
노란 달빛을 늑대의 깃털로 가리는 만행
가슴은 결코 용서하지 않겠어요

미래의 정거장에서부터
태어날 아기의 꿈은 이미 짓밟히고
고작 이끄는 일은 특권자의 축복뿐
일상사 생활이 현기증 나요

거리의 뒤안길에는 슬픈 희생자들
상징의 민주의 꽃 송림 숲속에는
소용돌이 혼란한 백주의 나팔소리
빨갱이 깃발이 펄럭이고 있소

빈자의 등불은 꺼지지 않소
결의에 찬 죽음의 횃불이 타오르고 있어요
부정선거 공화국 빨갱이 국회의사당
의사봉은 누구를 위한 총칼인가요

고요한 강물아 흘러라

고요한 강물아 흘러라
환상이 살아나듯 영구히 흐르는 세월아
소곡을 부르는 축복 영혼의 은신처
마음도 사랑도 오래 빛나는 땅

슬픔에 젖어 괴로울 때
저녁 어둠이 사방에서 모여들 때
유일한 소리 물방울 떨어지는 낙숫물 소리
거룩한 밤 마당바위를 뚫었소

죽은 사람이 일어나는 정신
대지의 어머니 시간은 꿈처럼 흘러가요
어느 아침의 햇살은 온몸에 느껴지는 경륜
마음 살찌우고 노동요가 빛나요

시간의 꿈처럼 흘러가는 인생
끊임없이 즐겁게 찾는 행복한 시간
발자국을 남기는 위대한 온고지신
종달새 하늘 유쾌하고 즐겁소

질풍이 먹구름 헤쳐가오

질풍이 먹구름 헤쳐가오
높디높은 하늘 한 산마루요
계곡을 휩쓸고 간 곳
왕왕 소란스럽소

한쪽 난간은 벼랑길
한쪽 난간은 은별 같은 폭포
싱그러운 아름다운 풍경 뛰어난 색조요
검은 바위 푸른 이끼 돋보이오

주홍빛 색조를 띤 산색
사로잡힌 꽃받침 꽃봉오리 같으오
정성스레 짜놓은 눈먼 처녀사 수예 작품같이
금세 눈멀고 금세 눈 뜨오

사랑도 꿈도 꽃이 될 차례요
해맑은 진홍색 다정다감한 마음자리
새하얀 진주 무상한 인생사 같으오
꼭 한번 품어 안아보고 싶소

행복이 깃들어있는 대지여

행복이 깃들어있는 대지여
기쁨이 더해지는 온화한 오월이여
헐벗은 나무 한 그루 없이 녹색 들판이 노래하고
아름드리 커다란 낙엽송이 가지 푸르오

초록 환희의 감각을 느끼게 하는
광음의 깃발이 펄럭이는 산야의 산마루
마음도 꿈도 푸른 백 년의 지성과 지혜요
계절의 기운이 청춘 시절을 부르오

신성한 영혼의 힘이 솟고 맥박이 뛰오
고요한 법칙이 마련된 자연의 섭리와 질서
사랑의 조화로움이 움트는 오롯한 마음자리
선율이 아름다운 새들의 현관이오

굽이치는 물소리 흐드러진 꽃떨기
초록 푸르름으로 갈아입은 호국의 산천이오
나도 산들바람 따라 함께 들을 가오
고개 재 너머 달 구름 흐르오

시체나 다름없는 진흙이 깔린 세상

시체나 다름없는 진흙이 깔린 세상
조악하고 야만적인 절규 추락하는 인간들
조롱당하는 애도의 죽음 저항심
찢겨나간 공기 그냥 이대로 살 수 없다

벌거벗겨진 맨몸이 드러난 두려움 속에
정신적 깃발 시체나 다름없는 끝없는 추락
조롱당하는 운명의 시간 살려달라는 절규
피 끓는 마음 저항심 슬퍼할 수민 없다

읽고 쓰고 가르치는 연필과 종이
칼과 펜 참기 어려운 가장 잔인한 투쟁
사람을 살해할 수 있다는 공통된 문화혁명
감옥 벽에 써 붙인 시 손에 쥐고 있는 주먹

모든 것은 표현할 수 없는 용기와 손목뼈
시체를 파먹는 빨갱이 벌레들 육체의 저항
비밀을 알면 알수록 사람들은 죽임을 당해왔다
기억하라 분명한 경계는 시간의 힘이다

갈기갈기 찢어진 갈등과 저항

갈기갈기 찢어진 갈등과 저항
대지를 관통하는 크고 작은 세상은 어디
신명은 얼마나 남았는가 눈물의 계곡은 지나왔는가
유토피아 정신으로 죽고 사는 인생은 어디

보라 지금은 잔인한 투쟁의 시간
온화한 잿빛 하늘의 그 흔적을 따라
석양빛은 낮게 분홍색 핏빛 하늘은 푸르다
삶은 언제나 모순덩이 가장 추운 모한이 있다

신념으로 살아가는 세상 녘 풍경은
고집 센 청개구리는 별빛 밤하늘을 향해 울고
마음속에 무언가 가지고 있는 사람들은
남은 인생을 위해 시간을 낭독한다

어떤 징조가 있는 미래의 시간
여생의 촛불이 켜져 있는 선택의 조건 속에
많은 사람들이 부르고 있는 황금의 노랫소리
철삿줄로 꽁꽁 묶인 운명의 발뒤꿈치

갈기갈기 찢어진 갈등과 저항
대지를 관통하는 크고 작은 세상은 어디
신명은 얼마나 남았는가 눈물의 계곡은 지나왔는가
유토피아 정신으로 죽고 사는 인생은 어디

제 5 부

젖은 불티 같은 악다구니 정치꾼들

젖은 불티 같은 악다구니 정치꾼들
우리를 에워싼 급기야 죽어 나가기 시작하고
규정도 입증도 안 되는 정육면체 맹꽁이 자물통 빨갱이들
찬란하게 폭파된 암흑철벽이여 함성이여

언제나 미래를 갈망하는 꿈 꾸는 하늘이기에
언제까지라도 반짝이는 불의의 약속을 지키고
언제까지라도 침묵의 흔적을 기다리려 함이니
깎아지른 생애의 입장권을 되찾음을 믿는다

꿈속 가까이 다가선 아침

꿈속 가까이 다가선 아침
평화의 꽃처럼 새벽이 열려오면
모든 것이 겉보기에 아름다워
하늘 기둥 높이 솟았소

모든 죄를 사하듯
순전한 기쁨처럼 약속받은 땅
안개 덮인 높은 지붕 위에
성자의 기도가 어리오

백 년의 설화같이

백 년의 설화같이
심심산골에 메밀꽃 피었소
한없는 세상 끝없는 세월 속에
날 보고 홀로 어찌 살라고

흰 구름 두어 송이 띄워놓고
고추잠자리도 허공을 맴맴 돌다가
어디론가 어디론가 어디론가
훨훨 훨훨 나아갔소

혼자서 홀로인 것처럼

-이월춘 선생께

혼자서 홀로인 것처럼
홀로 외로워 혼자 살아요
트랜지스터 라디오 뉴스를 틀어요
침묵하는 수평선 저 바다 백사장 너머
증기선 한 척 흰 구름 떠가요

해수욕하는 사람들은 만원이요
나무랄 데 없는 일기예보는 쾌청해도
진정 남을 위해 산 사람은 여기 예에도 없소
바다에서도 군계일학은 보이지 않고
홀로 외로워 혼자 살아요

대장군의 건배나

대장군의 건배나
중천금의 사나이 건배나
모두 다 백군 같으오
모두 다 청군 같으오

다시 죽어도 대장군은
다시 태어나도 사나이는
나무 나이테는 더욱 단단해지듯
새 기운 새싹을 움트오

대장군의 건배나
중천금의 사나이 건배나
모두 다 백군 같으오
모두 다 청군 같으오

삶을 다시 시작할 수 있소

삶을 다시 시작할 수 있소
영혼의 체온을 재고 정액주사를 맞고
다리를 질질 끌고 일어나서라도
끝까지 끈질게 걸어가오

몸을 늘어뜨리지 않고
표현하는 언어와 인내심으로
곧바로 발휘할 수 있는 시 쓰기
희망의 나라를 다시 그리오

옷을 다 벗으면 맨몸뚱이

옷을 다 벗으면 맨몸뚱이
미천 두 쪽이 눈에 다 보여요
사내 아니면 계집아이
크고 작은 것이 흉이 될 게 없소

잘생긴 대로 살고
못생긴 대로 살다 죽어가오
좋든 싫든 하늘이 부르는 날까지
여보 당신으로 살아가요

산불이 난 곳에서도

산불이 난 곳에서도
달맞이 흰 달이 뜨오
산속 깊은 골짜기에서도
소쩍새 살고 귀뚜라미 우오

열정에 빠진 개똥지빠귀는
방울새 노랫소리와 함께 폐허의 추억이 상기되오
골담초 노란 꽃향기가 피어난 뒤뜰에는
장독대가 나란히 장맛이 익이기오

미궁 속에 빠진 제정신

미궁 속에 빠진 제정신
새로운 소식 중에 가장 슬픈 소식
불가항력이라는 피 묻은 역사 앞에
생명력을 유지하는 생존의 기쁨

번갯불처럼 번지는 횃불
방울방울 떨어지는 물방울 그릇
더 이상 하늘을 바라보는 눈시울 속에
생기 넘치는 애국가를 부르는 땅

핏빛 세상 안개 속에서

핏빛 세상 안개 속에서
마음밖에 없는 마음속에서
영혼이 찢어놓은 겨드랑이 밑에서
미래의 아침을 맞는 주인은 누구입니까

천 리 구만리 천공을 날치고
지축을 살치고 살자 하는 짐승같이
천리가 어긋남이 없는 정토에 태어나서
천지 만물 자유 행복 평등을 비오

여름은 빛 뿌려 빛 뿌려

여름은 빛 뿌려 빛 뿌려
잎새 하나씩 둘씩 가장자리 참나무들
도토리 익어가는 아름다운 터전 산울림 산하
우리 인생은 하늘에 고발당한 최종 증인
무언가 생의 쪽으로 밀어는 실려 가오

관절 마디마디 작은 몸집의 일개미처럼
세상의 문장도 정체도 없는 움푹 꺼진 구릉
구멍 숭숭 뚫린 거짓으로 캄캄한 세상 너머
지팡이 발길을 옮기는 눈길이 아픈 흔적
인간 역사 스크램을 짓밟고 지나가오

하늘의 경종을 울리는 말법 시대
자등명 법등명 빈자 일등도 없이 헤매는
플랫폼을 따라 끝없이 가고 오는 인생행로
참으로 원하는 것은 훈습을 벗어난 참된 도리
새로운 발견 당위성이 있는 법치와 문장이요

고요한 바다 달빛 피아노 소리
여명의 하늘빛이 가슴 차오르는

천지 해 밝은 빛 뿌린 광음의 길
우리 인생은 하늘에 고발당한 최종 증인
무언가 생의 쪽으로 밀어는 실려 가오

나와 인연이 된 이 세상 저세상

나와 인연이 된 이 세상 저세상
갈 곳 없고 갈 곳 몰라 구천 하늘에 떠도는
슬프고 괴로운 영가들도 귀신들도
모두 다 극락정토 하소서

천 리 천공을 날치고 지축을 살치는
날짐승 무리 떼들과 길짐승 무리 떼들아
물속을 헤엄치고 헤엄치는 물고기 떼들아
이름 없고 존재 없는 작은 생명들아

천리를 어긋나지 않고 극락정토에 태어나서
억울하게 죽음 당하지 않고 생명 빛나게 기쁘게 즐겁게
살고 지고 천지 인륜 세계 자유 행복 평등 평화를
일화 세계를 꽃피는 세상을 기도합니다

순정한 빵 한 조각 속에

순정한 빵 한 조각 속에
하느님의 성냥 한 개 피의 속에
좀이 쑤셔 세상의 진실을 말해 주오
세상의 이치를 가르쳐 주오

재수 없는 저 빨갱이 놈들
이체 불능한 허비된 세월 녘에는
쳐다보기조차 싫은 시빗거리를 만드는 피 묻은 음모들
투구와 면장갑을 낀 심승 같은 세상이요

한 번 세상을 더 직시해보면
형편없는 깜깜한 새벽 아침 햇살 속에
부정한 저것들 부패한 저 몸통들 썩은 냄새들
단호하게 추상같이 장사지내고

화장장도 좋고 생매장도 좋소
역사의 페이지 속에 칼과 펜의 싸움터
때 묻은 이체 불능한 진리 청춘의 덫과 곧은 정신
하느님 이 세상의 진실과 이치를 가르쳐 주오

세속에 비틀대지 않고

세속에 비틀대지 않고
땅 위에 구르지 않는 바위처럼
바람은 들판을 휘저어 날고
하늘이 왕왕 짖어대오

소중한 피조물들
바다의 홍합과 칼조개와 모시조개 삿갓조개들
광휘의 휘파람 물거품 속에서도
머문 바 없이 수심을 지키고 살아요

생애 내내 궁금했던 일
땀 흘려 왔던 자유로운 피 피린 냄새
푸른 대지와 푸른 창문을 열고
태양의 짐꾼이 되었던가요

침묵이 깔린 카펫의 빈 의자들
탁자 위 빵 조각에 꽂힌 나이프가 빛나요
저녁 신문이 놓인 곳 재떨이에 쌓인 담배꽁초
어느 나라 망명의 편지가 실려 있었소

검은 고속도로 위에 비가 내리고

검은 고속도로 위에 비가 내리고
삶에 대한 바다는 낯설게 하는 소금꽃처럼
새벽녘 해 뜰 때 느꼈던 한 조각 별빛처럼
슬픔과 분노는 삶의 가까이에서 오고 있소

과거의 모습대로 사랑했던 방식으로
반대편에 가둬놓은 인간으로 간직한 내면의 힘
살면 살아갈수록 함께 산다는 것이 낯설은 세상사
점점 더 낯설고 차가워시는 떠오르는 언어들

스스로 만져지는 죽음의 눈을 뜬 도시의 가난
기적은 일어나지 않고 입술을 깨물은 핏자국 상처
하루하루 살아가는 고통 속에 숨겨진 선택이 없는 행위
관심조차 바뀌지 않는 사람과 사람들 사이

요동치는 머릿속 어두운 밤의 불빛처럼
잔잔한 달빛 아래 오염된 강물이 흘러가고 비추고
숨 막혀 머리칼을 칭칭 풀어헤친 여인의 슬픈 눈빛
뭔가 표현하고 있는 간곡한 영혼 몸을 내다 팔고 있소

나무처럼 뿌리를 내리고

나무처럼 뿌리를 내리고
이 도시 저 도시에서 살고자 한다
플라타너스 가로수 초록 새순을 틔우듯
꿈을 엮어 풍성한 그늘과 휴식처가 있는 곳

초여름의 푸르름 속으로
깃털같이 가벼운 몸과 마음으로
순수한 기쁨으로 대자 활보를 하듯
미래의 소리에 귀 기울이는 섬광

아침 햇살 반짝이는 나뭇잎
깃털같이 가벼운 마음으로
순수한 기쁨으로 활보를 하고
단정한 옷차림과 착한 이웃들과 인사를 나누는

그 평온과 절제의 미덕은 사라지고
솟구치듯 의도적인 불미한 혼란과 상처
상호 불신과 상실된 도덕과 얼룩진 윤리관
말로 표현할 수 없는 내로남불 법치주의

밑바닥에 깔린 인식의 가치는 불타는 분노
내일 날의 새로운 이름으로 이름표를 붙어주고
생활고의 선심은 입 막이 꽁짜 돈 은막 작전
무언가 꼬득김이 큰 손 빨갱이 같다

무의 공간 속에서 두 손을 잡아주는

무의 공간 속에서 두 손을 잡아주는
아무 생각도 떠오르지 않은 고요 속에서
말없이 소리 없이 지르고 싶은 침묵
사랑이 소외된 것 같은 표정
우뚝 솟은 산에 꽃불이 번지오

가리키는 손가락으로는 느낄 수 없는
거짓말 같은 죽음이란 운명의 시간이 오고
가슴으로 애도하고 슬퍼하고 두려워하는 눈빛
운명을 지켜보는 임종의 마지막 시간이
하늘에 걸친 무지갯빛처럼 피어오르오

덤불에 뿌려진 나뭇잎 바위 그루터기
에메랄드빛 광맥이 흐르는 마음속의 행복
짙게 물들어있는 안개와 짓눌린 일상의 흔적
하늘에 손잡이가 매달려 있는 지난날의 회억들
이 한순간 세상은 상상 속으로 사라지오

밤마다 오두막집엔 샛별이 뜨고
숯불 장작이 따스운 나무꾼의 도끼 소리

역겨움이 없는 참으로 보다 자비로운 생활
가장 단순한 것에 감사와 소중함을 아는
일상의 길을 걸어가는 자연인이 좋소

정겨운 기쁨은 사라지고

정겨운 기쁨은 사라지고
슬픔을 훔쳐서 왕왕 울고 싶소
세상 문전박대당하는 괴로움 중에
내면의 자아를 학대했소

소중히 여겼던 솔직한 영혼
견고한 사랑과 가련한 가슴
떠오른 광야의 광막한 세상살이
끝없는 삶의 무게는 감당키 어려웠소

고향 마을을 떠나온 발길은
알현이 떠오른 방랑자의 대지의 눈물
무도한 인생의 슬픈 해거름 넋두리
잔인한 자비의 하늘을 우러러보오

들판을 잠자리 삼아도 두려움 없었던
광야의 저편 정겨운 기쁨 찾아 떠돌았지
세상에 문전박대당하는 괴로움 중에
슬픔을 훔쳐서 왕왕 울고 싶소

누구나 서방세계에 도착할 때까지

누구나 서방세계에 도착할 때까지
자비의 눈물을 애걸하는 운명인 줄 누가 알랴
회오리바람 돌풍을 만나 심연의 산처럼
고통이 몰아 닥쳐오는 불행한 뱃머리

가련한 서방세계의 비참한 승객
존재의 외로움 광풍의 저주를 받은 생존자들
오만한 사람들을 모조리 쓸어다가 맹렬한 저주
질질 끌려가는 죽음의 냄새 쑥대머리

외로운 동굴에서 죽을 때까지
별빛조차 바라볼 수 없는 지독한 생애의 대가를
발뒤꿈치 혓바닥을 빼문 전생의 개자식들
말 뼈다귀를 입에 물고 절규를 씹는다

비정한 괴로움이 곪아 울부짖는 비명
악취를 내뿜는 날카로운 비탄의 고통 빨갱이들
희망과 고통 지진과 폭파음 거룩한 천둥소리
비애의 검은 가마솥에서 화톳불 벼락을 맞는다

달집에 큰불이 났소

달집에 큰불이 났소
송장으로 나뒹구는 비애의 언어
갈라진 세상 바다의 혓바닥
붉은 모자 빨갱이 사냥

공동 전리품들
미친 개새끼들이 날뛰고
썩은 냄새 풍기는 똥파리 떼
비명을 지르는 울부짖음

괴로운 신음 소리
빗발치는 비난과 천심의 화살
깡그리 영혼마저 불태우고
비정한 그 얼굴에 침을 뱉소

또 다른 세상이 숨차오
영원히 추방시키는 거룩한 폭파음
가족도 씨족도 유골도 분진으로 사라지고
역사의 산 교훈으로 교시되리오

단풍나무 아래 관목 숲 사이

단풍나무 아래 관목 숲 사이
대지의 작은 밭 계절에 설익은 과일 익고
순수한 색조 아름다운 야생의 산울타리 풍경
푸른 나무들의 행렬이 은자의 눈길 같다

멀리 떨어져 있지만 아름다운 형상이
존재자의 마음처럼 소용돌이 조용히 피어오르는
집 없는 숲속의 방랑자 바람의 동굴이여
초록빛 순수한 핏속에 느껴지는 가슴 같다

평온한 감동을 찾은 정신 속까지
숭고한 모습으로 몸이 가벼워지는 신비의 행복감
무한한 감성처럼 영혼이 잠들어 있는 샘물이
환호작약하는 존재자의 깨우침 조화 같다

발걸음 향한 길 상념의 빛 그림자여
더불어 살아가는 인식과 유쾌한 미래시간
세상의 형상은 열병에 걸려있는 사람들
아 인생은 고동치는 슬픈 꿈길 같다

초록 세상 한가득 들판에

초록 세상 한가득 들판에
광음 광채의 물감을 풀어놓은 듯
싱그러운 바람 숲속의 방울새 노래
곱사등처럼 굽은 산자락이 푸르오

저 계곡의 소리는 세월의 설교자
산새 지빠귀의 유쾌한 고운 목소리
마음과 가슴을 담은 사랑의 축복
숲속이 베푼 새들의 보금자리

자연이 이끌어주는 아름다운 형상
일그러진 마음 달콤한 유혹도 벗어버리고
불모의 세상을 떨치고 마음 하나 진실만 가져오게
양심의 피도 씻고 책장도 덥고

치가 떨리는 몰염치 붉은 빨갱이들아
윤나는 아침 햇살 반짝이는 농원의 과일같이
손발 씻고 기쁜 낯으로 함께 하는 마을잔치
마음은 향기로운 열매 정분으로 나누세

지팡이를 피해 도망치지 마오

지팡이를 피해 도망치지 마오
빛나는 눈을 가진 하늘 지붕 밑에 사는
세찬 바람 폭풍우가 휩쓸고 간 자리
빙산의 일각인 사방은 얼음 조각이오

날씨가 음산하고 엄청나요
으르릉 포효하고 아우성 세상은
졸도할 것 같은 얼음 천지 침묵뿐
하얀 달빛도 푸른 광장도 사라졌소

천둥 발작을 하는 갈 짓자 걸음
남풍이 불어오는 마음의 길을 따라가오
흉악한 세상일은 미칠 것 같아 소름 끼치고
안개와 연무는 화를 입고 쓰러졌소

기쁘기 짝이 없는 하늘의 천둥소리
세상 바다 침묵을 깨뜨리는 남풍 소식
푸른 바다의 자태는 눈부신 아침 햇살이오
빗방울 떨어져 대지의 꽃을 피우오

천길 폭포의 열정처럼

천길 폭포의 열정처럼
마음속에 머물어있는 숭고한 감성
어떤 정신 대지의 들판과 산을 찾소

온갖 사고의 녹색지대
바라보는 만상의 눈과 귀는
자연을 관조하는 법을 배웠소

푸른 하늘과 마음속에 배어있는
굽이쳐 흐르는 무언가에 대한 깊은 상처
마음의 언어는 증오의 강을 건너오

아름다운 바람의 목소리여
거슬리고 억누른 태양의 벌판 위에
나를 이끄는 길들이지 않은 기쁨과 분노를 느끼오

더할 나위 없는 창의력의 배우자
소중한 길동무 귀하디귀한 인생의 동반자
나는 인간의 모독 자연의 배신자를 쫓소

대자연은 모든 생명의 집

대자연은 모든 생명의 집
만상의 길 온화한 가슴 온갖 형상의 노래
정신과 육신을 내맡기고 살아가는 사랑스러운 길
팔다리 쭉 펴고 운문의 달을 가리키오

봄 소나기와 함께 별들과 함께
졸졸 시냇물 가물거리는 빛 전율하는 세상
온 산천은 고요한 녹색 대지의 기쁨
아득한 새들의 현관 아침을 여오

자연스러운 색조와 빛을 따라가면
대자연의 공감대는 대지의 풍모와 아름다운 질서
깊어가는 황혼 녘 감미로운 풀피리 소리
충만한 목소리 사랑의 동정심을 느끼오

인생의 무도장은 감미로운 곡조여
사랑과 기쁨은 슬픔을 이끄는 인생길
이별의 눈물 떠나는 주인과 손님들
길손으로 왔다가 나그네로 떠나오

달 만한 태양이 없소

달 만한 태양이 없소
핏빛 태양이 구릿빛 태양이
하루 또 하루 또 하루 또 하루 또 하루
목에 걸린 세상이 피같이 물어뜯기고
푸르게 파랗게 하얗게 눈이 멀었소

무언가 하늘에 주먹질하는 생의 외침같이
목숨이 끝나가듯 번쩍이는 불바다 울부짖는 육신
일진 돌풍이 불어오듯 머리칼 산발하고
정처 없이 떠나는 인생길에 무서리 내리오
흰 피가 가슴에 말라버릴 것 같으오

뼛속을 통과하는 북풍같이
입 구멍 콧구멍 눈구멍 귓구멍 똥구멍 십 구멍
한 명씩 또 한 명씩 또 한 명씩 또 한 명씩 또 한 명씩
소름 끼치는 유령선 빨갱이를 저주하는 것 같으오
저마다 신음 같은 목소리 휘몰아치오

행복 아니면 비애의 세상 영혼의 깨우침 속에
모두 죽어서 묻히는 동정심 아름다운 마음은 어디

죽어서 썩어서 냄새 풍기는 섬뜩한 적개심
이 거리를 넘어서 오는 데까지 오고
저 거리를 넘어서 가는 데까지 가오

가슴 속에 가라앉은 침묵이여

가슴 속에 가라앉은 침묵이여
은자의 피가 흐르는 산울림 바람 소리여
바다 쪽으로 길이 나 있는 숲속의 나라여
죽은 굴참나무 그루터기 비탈길에 서 있소

하늘과 바다가 열려오는 길
풍화작용으로 해골이 구르는 골짜기
고해의 비명을 지르는 푸른 바다
누가 이생을 말하고 대답해 주오

마음이 홀가분해지지 않는 고통 속에
홀로는 외로워서 서 있기조차 어려운 발길
저녁 해거름 하늘의 종소리가 울려올 것만 같으오
사랑하는 사람과 함께 기도하고 싶소

가슴 속에 가라앉은 침묵이여
가장 사랑하는 창조의 빛 그림자여
크고 작은 만물의 이야기 흰 찔레꽃 열매여
흰 서리 흰 수염을 아침 거울 속에 또 쓰다듬으오

껍질을 까고 나온 과거처럼

껍질을 까고 나온 과거처럼
은하수 아래 강물처럼 흐르는 빛 그림자
새로운 탄생 잃어버린 시간을 찾아서
조금씩 조금씩 모아가는 낯선 세상

수많은 나름대로 두려움과 후회 속에
영혼의 날개 무거운 슬픔과 분노를 씻고
삶과 죽음 그리고 배신의 기로에 쫓기는 세상살이
새로운 의지와 신념 속에 봉인된 인생

온 정신을 집중한 가능한 심오한 창의력
당연히 달팽이처럼 휘둘리지 않은 극기의 행로
눈물과 고통을 달래어주는 마음의 정거장
천천히 걸어가는 진일보 진일보의 깊은 사랑

소중한 비밀번호를 공책에 적어놓듯
믿음과 신의 없는 인생은 가치가 없는 것
정직한 방정식 뼛속까지 사무치는 정의로운 삶
죽음의 무덤을 파헤쳐서라도 인간다워야 하리

운명의 자유 해바라기같이

운명의 자유 해바라기같이
눈길이 원하는 대로 손길은 무조건 몸을 따르겠소
피 가슴을 향한 그루터기 머릿속에 발효된 미래시간
죽어 빛이 될 때까지 두 손은 사명을 다하겠소

적절한 시기와 때는 반드시 오고 있소
무덤도 풍경이 있소 산꼭대기에 걸쳐있는 구름처럼
조용히 나에게 남겨진 생애의 신뢰와 신념
하루해가 짧아지는 조바심 필생의 의무

여정의 암호같이 안개와 진눈깨비 속에서도
바람이 실어나르는 하늘의 별자리 사냥꾼의 노래
성운의 영기를 뿜듯 강철로 만든 청명한 가을 녘
산울림 메아리 생명수의 수려한 수목들

살아남아 존경을 표하는 뜨거운 몸짓 속에
행성 방향으로 흐르는 순수한 마음자리
눈길이 원하는 대로 손길은 무조건 몸을 따르겠소
죽어 빛이 될 때까지 두 손은 사명을 다하겠소

갈수록 악에 둘러싸였소

갈수록 악에 둘러싸였소
영혼마저 정수리에 음산한 갈등
위로받지 못하는 고독한 환경
제멋대로 강변에 나가 돌팔매질을 하오

유일한 구제책은 모든 털구멍
무지에서 타오르는 메마른 가슴
부패한 역병의 발진처럼 썩은 배출구
온몸에 퍼지는 고독한 신음소리

악에 숨어든 흉악한 얼굴들
가장 결백한 양심은 빨갱이로 변질이 되고
가련한 형제들의 자비로운 신은 이미 죽었소
조화롭지 못한 채 제 길을 찾지 못하오

숲속의 바람과 싱그러운 향기는
자연의 치유책은 야생의 빛과 형형 색깔들
포근한 햇살 병든 자식의 쾌유를 비는
아 눈물 터뜨리는 자애의 기도

세상에 붉은 피 주먹을 보았소

세상에 붉은 피 주먹을 보았소
밤안개도 보고 형체를 숨긴 비밀 상자
목구멍이 마르고 입술이 타는 물어뜯긴 핏자국
흰 피를 빨아먹는 빨갱이들아 누가 소리쳤소

돛대가 부러진 풍랑의 도시
마치 모든 것이 좌현과 우현으로 갈라지듯
세상의 바닷길에는 온통 불바다
그리고 피바다 피바다요

쇠창살이 번쩍이는 지하 감옥
백주에 민주 민중의 꽃을 짓밟는 부정선거
심장이 거칠게 요동치고 핏발이 서요
얼룩진 태양의 그림자는 혈흔 흔적을 남겼소

아직도 하늘에 은총이 남아있다면 하느님
땅거미 성좌의 그물을 찢고 거룩한 파괴
금수의 칼로 붉은 죄인들의 목을 베고
영광이 있는 나라 찬란한 빛을 뿌려주소서

이 땅의 저주와 하늘의 천사

이 땅의 저주와 하늘의 천사
저주로 빛나는 생지옥
열두 달 일곱 낮 일곱 밤에
떠오른 달빛 세월은 정처 없소

죽음의 다리를 건너
달빛 그림자로 누워있는 달궁 천 리
아침에는 서리 낮에는 뜨거운 햇덩이
푸른색 금색 불꽃이 번쩍이오

살아서나 죽어서나
별똥별처럼 누려보는 화려한 외출
아름다움을 다 표현하지 못하는 가슴마다
사랑의 샘터에는 성자의 동정을 베풀어요

풀잎 편지를 읽는 행복한 시간
천상의 온화한 영혼 속으로 스며드는
가득 채운 인생 꿈속의 꿈속 이야기
꿈 깨고 일어나 양동이에 물을 기르오

정지된 달빛 고요 속에

정지된 달빛 고요 속에
내 마음의 바람개비는 돌아가오
두려운 공포 십자가에 못 박힌 세상
번쩍 들어 올린 손은 횃불이오

해변에 부서지는 파도 소리여
심해 바다 심홍색 광음의 형상들
구름 한 점 바람 한 점에 전해와요
성스럽고 거룩한 호국의 맹세요

모두가 가슴마다 사랑스러운 빛
천상의 신호음이 전해 오는 성음의 깃발
저마다 손을 흔드는 환호작약 만세 소리
땅을 박차고 걸어가는 힘찬 발걸음이오

사리에 어긋나지 않은 은자의 목소리
죄짓지 않은 영혼의 찬가를 우리 함께 부르고
손에 묻은 붉은 피 씻고 아침 정오의 햇살이 빛나오
이윽고 참나무 그루터기 위에 고운 별이 반짝이오

한 조각 길 뜬 흰 구름아

한 조각 길 뜬 흰 구름아
구름 끝에 달이 홀로 앉아있구나
바위산 번개가 칠 것 같아
다가오는 바람 소리 포효한다

하늘은 이상할 게 없다
천리는 열려있으나 말이 없소
죽은 자들이 일러서는 긴곡한 목슘처럼
유성별이 떨어져 가슴에 구른다

먼동의 목소리가 들려오듯
대지의 항구 외로운 피리 소리
때론 외로운 마음 천사들의 노랫소리가
은밀한 시냇물처럼 들려온다

종달새 날갯짓처럼 행복할 때
슬픈 애기는 일상의 하루처럼 기도해요
운명의 밧줄을 당기는 어부처럼
산그늘 정령이 별빛 등불을 내다 걸어요

얼마나 사랑스러운가요

얼마나 사랑스러운가요
산과 산 강과 강은 친밀한 사이
얼마만큼 존경할 수 있는 풍경이기에
정경 넘치게 응시하는 눈과 귀는
자비심의 따스한 마음이지요

뭇 생명체를 경멸하지 않고
순수한 마음으로 다가서는 모습
자연의 무의미는 홀로 감당키 어려운 일
시시때때로 존재를 잊지 못하고
자연과 인간은 사랑으로 끝을 맺는다

때론 쓸쓸한 기도 길을 잃은 사람들
무엇에 머물러 사는 하찮은 존재들의 지혜
크게 호흡을 쉬는 공상의 깊은 골짜기
유일한 기념비처럼 묻힌 청춘들
친밀한 사랑 정경의 눈물이 나요

언제나 정겨운 자연의 풍경 속에
순수의 힘이 솟는 순결한 가슴

겸손한 마음 존경할 수 있는 인생 철학
줄기차게 품어 안은 공명한 환영세계
내 젊은 날의 초상화여 형상의 노래요

이끼 낀 숲 골짜기에서

이끼 낀 숲 골짜기에서
팔다리 쭉 뻗고 온갖 형상의 소리들
변화무쌍한 자연의 불면성
한결 사랑스러운 마음이요

충만한 자연의 고운 목소리는
이따금 들려오는 감미롭게 지저귀는 새소리
딱따구리 딱딱그르루 딱딱그르루
산중 목탁 소리 예불을 올리오

자연은 신록의 감미로운 도장
야생의 산책로 오솔길의 덤불과 나무들
산음 산색이 득음 소리같이 하늘길이 열리고
도처에는 음악적인 속삭임 같으오

운문의 시인은 발길을 멈추고
아름다운 사랑의 횃불 반딧불이같이
달빛 깃든 새들의 음조를 다시 새기며
대지의 창공을 바라보며 시를 쓰오

한 잔 더하는 울분 속에서

한 잔 더하는 울분 속에서
진창길 샛길이 나 있는 수레바퀴 흔적처럼
비틀거리며 내깔긴 오줌발이 달빛처럼 거리에 흘러넘쳤소
성벽 성곽도 와르릉 홍수로 무너질 것 같았소

백 년 넘게 두들겨 온 돌다리 건너
비밀스러운 짐승의 비밀처럼 광풍이 불어왔어도
나무꾼 돌쇠는 나뭇짐 한 짐 지고 방귀를 뀌며 건너왔소
꺼지지 않은 화롯불도 천심처럼 불꽃이 타올랐소

온통 갈비뼈로 빽빽한 흥망의 거리 한양성
애매 애매한 유약한 마음을 달래주는 꽃 울음 세상 너머
꾀죄죄한 한숨 소리 말 없는 경악스러운 핏발선 아우성 소리
산골짜기에서 흘러내린 산울림 메아리가 와와 들여왔소

언젠가는 끌려가 육신의 영혼이 죽고 살지는 몰라도
아직은 뜻한 바 있어 생사의 천 길 낭떠러지 인생
은빛 반짝이는 천상의 백의로 옷을 갈아입고
차라리 죽을죄를 짓고 권능의 피를 흘리고 싶소